취미로 직업을 삼다

# 취미로 직업을 삼다

85세 번역가 김욱의 생존분투기

책읽는고양이

## 들어가는 말

나는 1930년에 태어났다. 일제 시대였다. 그때
는 초등학교가 아닌 소학교라고 불렸다. 소학교에
입학했을 때가 1937년이다. 루거우차오 사건(중
일 전쟁의 발단이 된 양국 군대의 충돌 사건)으로
중일 전쟁이 발발했고, 그 여파가 아무 상관없는
조선 반도까지 뒤흔들던 시기였다. 동네 어귀에서
신문지에 담뱃잎을 싸서 뻐끔거리며 우리를 겁주
던 동네의 나이 좀 있는 형들이 어느 날 갑자기 노
란 일본 군복을 입고 사대문 앞에서 일장기를 흔
들며 딱딱하게 굳은 얼굴로 중국에 건너가곤 했

다. 그리고는 대부분 돌아오지 않았다.

그 무렵에도 나는 책을 좋아했다. 아버지가 서
울역 뒤편에서 냉면집을 하셨는데, 벌이가 되는
날엔 나도 잔심부름을 했고, 그러면 아버지는 기
특하다며 동전 몇 개를 쥐어주셨다. 그럴 때면 나
는 곧장 자전거를 타고 동대문 헌책방 거리로 달
려가 좋아하는 책들을 잔뜩 사서 자전거에 실어오
곤 했다. 일어로 번역된 외국 소설이나 에세이 등
이었다.

문학을 좋아해서 고등학교에 입학하자마자 문
학동인회를 만들었다. 대학에서도 국문학을 전공
했다. 문학이라는 분야는 세상 움직임과 따로 노
는 매력이 있다. 세상에서 무슨 일들이 벌어지고
있든, 내 주변 사람들이 무슨 일을 겪든 나는 혼자
방 안에 틀어박혀 좋아하는 책만 읽었다. 그래도
어른들은 책 좋아하는 나를 칭찬해주었다.

그런 칭찬에 우쭐했던 건 아니지만, 시를 쓰고
소설을 쓰면서 내가 뭐라도 된 것처럼, 나도 뭔가
될 수 있을 것 같다는 한 줄기 희망에 가슴이 부풀

곤 했다. 세상은 2차 세계대전이라는 거대한 전쟁에 휘말려 엉망이 되고 있었지만, 나는 그런 흐름을 특별히 의식하지는 않았다. 매일 좋아하는 소설을 읽고 습작을 하고, 동인회 친구들과 어른들 몰래 술을 훔쳐 마시는 것이 청춘이자 낭만이라 여겼다. 시를 쓰고, 소설을 쓰고, 책을 읽는 행위는 복잡하게 뒤얽힌, 그래서 감히 이해하려는 시도조차 엄두가 나지 않는 세상으로부터 동떨어진 곳에 나만의 세계를 만들려는 일련의 과정이었다.

상급 학교에 진학할 때마다 문학이라는 분야에서 직업을 가져야겠다는 생각이 강해졌다. 평생의 취미를 본업으로 삼아야겠다는 결심이 확고해진 것이다. 그러나 현실은 전쟁 중이었다. 나는 나라를 빼앗긴 식민지의 어린 소년이었고, 해방 후에는 남북이 갈라져 이념과 정치라는 거대한 물줄기에 휩쓸려 아슬아슬한 외줄 위를 걸어가는 신세가 되고 말았다. 나만의 세계를 응축시키고 싶어도 현실이라는 분명한 조건 앞에서는 자유롭지가 않았다.

마침내 6.25 전쟁이 터졌다. 대학교 2학년, 갓 스무 살이 되었을 때다. 문학지의 신인 작품 모집에 응모했고, 1차 예심에 합격해 2차 심사만 남겨둔 터였다. 2차 심사에만 통과하면 정식으로 소설가가 되는 것이다.

그러던 어느 날, 전쟁이 났다는 소문이 들린 지이틀도 되지 않아 인민군에게 서울이 함락되었다. 책을 사러 나갔다가 서대문 네거리에서 인민군에게 붙잡혀 의용군으로 이북에 끌려갔다. 가족들에겐 알리지도 못한 채였다.

내가 원치 않았음에도 불구하고 이런 처지가된 것은 순전히 전쟁 때문이다. 보다 외연을 확장시켜보면 세상이 그렇게 변해버렸기 때문이다. 이처럼 내 생활은 사회의 움직임에 철저히 침범당하고 있었다. 중학교를 졸업하고 고등학교로, 고등학교를 졸업하고 대학교로 진학했던 것도 따지고보면 사회가 만든 '룰'에 지나지 않았다. 문학은누가 가르쳐서 될 일이 아님에도 불구하고, 그런문학을 하기 위해서는 대학교에서 국문학을 전공

하는 것이 암묵적인 법이었다.

　나는 개인의 자유로운 개성보다 집단의 평등에 더 후한 가치를 매기는 사회주의에 결사적으로 반대했었다. 북한으로 끌려간 지 두 달 만에 목숨 걸고 남쪽으로 도망쳐오자 이번에는 해군으로 징집되었다. 나의 개인적 일상이 사회적 흐름 때문에 내가 원치 않는 방향으로 흘러갈 수 있음을 처절하게 깨달았다. 그 관계를 좀 더 일찍 관찰하고 준비하지 못했다는 것이 올해로 만 여든 세 살이 된 노년에 이르고서야 가장 후회되는 실패로 기억된다.

　지금도 소학교 시절 동네 형들이 울면서 중국으로 떠나던 장면과 스무 살 시절에 겪은 전쟁을 꿈에서 본다. 잠에서 깨고 나면 "나는 왜 그때 아무것도 하지 못했을까." 하고 후회한다. 물론 어린 내가 격변하는 시대에 맞서 세상을 바꾼다거나, 나 외의 누군가를 변화시킨다는 것은 불가능하다. 나의 아쉬움은 내 안에 있다. 현실에 직면했을 때 나는 세상이 뒤집혀진 것 같은 엄청난 충격을 받았다. 그때의 충격은 나의 인생에서 경험한 가장 큰 충격이었다. 하지만 그걸로 끝이었다. 그 이후에도 내 삶은 거의 변한 게 없다. 전쟁터에서 살아남아 당장 먹고 살아야 될 문제가 생기자 직업으로 신문 기자가 되었고, 삼십 년 넘게 짧은 기사 몇 줄로 목숨을 연명했다.

퇴직 후 나는 기로에 섰다. 일제 시대, 6.25 전쟁에 이은 세 번째 기로다. 세상은 오직 내 나이가 육십이 넘었다는 이유로 노인네 취급했고, 더 이상 사회에 너를 위한 일감은 없다고 매정하게 거부했다. 무엇을 할 것인가. 살아 있는 동안 어떻게 살아야 하나.

옛날과 마찬가지로 내가 어떻게 할 수 없는 곳에서 세상은 180도 달라진다. 전쟁이 그랬고, 평생 일해온 직장에서 물러나 하루아침에 뒷방 늙은이로 전락했을 때도 그랬다. 그런 경험은 단순한 충격으로 끝나지 않는다. 그동안의 삶이 부정당하는 듯한 상실감과 허망함으로 이어진다.

나이가 들면서, 은퇴라는 단어가 내 이야기가

되면서 왠지 모를 상실감과 허망함, 아무것도 하지 못하는 미래의 내 모습이 아른거렸다. 충격과 허탈, 자괴가 전쟁터에서 들었던 포화처럼 내 귀와 영혼을 때렸다.

퇴직을 앞두고 나는 이렇게 생각했다. '젊어서는 세상이 어떻게 돌아가는지에 관심이 없었고, 그래서 내가 대처하지 못한 방향으로 끌려갔다. 이제 내 삶은 길지 않다. 더는 끌려가고 싶지 않다. 세상이 어디로 가든 나는 내가 가고 싶은 곳으로 가야겠다. 세상이라는 곳을 보이는 대로 납득하는 것이 아니라 내 나름으로 파악해야겠다.' 이를 소홀히 여겼다가는 나의 의지가 미치지 않는 곳에서 사회는 나를 그렇고 그런 노인네, 사회에 이득이 안 되는 늙은이, 국민연금만 고갈시키는 잉여 인간으로 취급하게 될 것이다. 그런 취급은 받고 싶지 않다는 것이 첫 번째 이유였고, 당장 내 일이라도 세상이 어떻게 변할지 모른다는 걱정, 내가 계획해온 노후를 일변시키는 대사건이 발생했을 때 세상은 자기들이 약속했던 나의 노년을 보장해주지 않을 거라는 확신에서 내 힘으로 내 남은 삶을 지켜내야겠다고 결심하게 되었다.

이 나이가 되도록 살아오면서 나보다 한 살이라도 어린 사람들에게 말해줄 수 있는 한 가지 깨우침은 '오늘'은 나 스스로 판단해야 한다는 것이다. 그릇된 판단이더라도 상관없다. 세상의 움직임을 관찰하면서 "나는 이렇게 생각한다." "나는 이렇게 파악하고 싶다."라는 자기 나름의 이해와 결론에 도달해야 한다. 늙을수록 이런 습관이 더욱 중요해지는 까닭은 더 이상 기회가 주어지지 않기 때문이다. 이번이, 오늘이, 올해가 내 인생의 마지막 기회일 수 있기 때문이다. 내가 알지 못하는 곳에서 거대한 변화가 불어오더라도 노인은 흔들려서는 안 된다.

이 세상에 '내 힘으로는 어떻게 해볼 도리가 없는 일'이라는 게 있다는 것을 숱하게 배웠다. 일제시대도, 전쟁도, 은퇴도 내 탓은 아니다. 나는 전쟁을 일으키지도 않았고, 은퇴해야 될 만큼 무능력하지도 않다. 젊은 후배들과의 경쟁에서 지지 않을 자신이 있다. 하지만 전쟁은 일어났고, 나는 평생토록 지켜온 자리에서 오직 나이가 많다는 이유로 떠나야 했다. 아무리 애를 써도 사회적 입장과 현실은 달라지지 않았다.

이제 한 번의 기회가 더 주어졌다. 바로 개인으로서의 운명이다. 지금까지 사회적 운명의 소용돌이에 휘말려 식민지 백성으로 살고, 민족 간의 전쟁을 겪고, 대학을 나와 취직해서 가정을 이루는 이 모든 선택과 결말은 어차피 사회적 운명이다. 그에 대한 주권은 전적으로 사회에게 있다. 그 안에서 이루어진 우리의 생애는 도구, 양념, 주변인, 관찰자 같은 누군가의 필요가 첫 번째였다. 직장만 해도 그렇다. 내가 가고 싶다고 그 회사에 취직하기란 불가능하다. 그 회사가 나라는 인재를 필요로 했을 때 취직해서 월급을 탄다.

하지만 이제는 다르다. 운명은 오직 나만 바라보고 있다. 사회적 운명이 아닌 진짜 나의 '운명'이다. 나의 운명은 기적이며, 감동이고, 자기 외에는 그 누구도 체험할 수 없는 환상의 모험이다. 나는 그와 같은 삶에 도전하게 되었고, 그 결과 예순이 넘은 나이에 번역가로서 수백 권의 책을 번역했으며, 몇 권의 책을 써서 작가가 되었다. 한마디로 기적이다. 내 인생에 찾아와준 기적은 내가 나의 운명을 뒤돌아봤기에 가능했다. 그림자처럼 나를 포기하지 않고 뒤따라와준 운명 덕분에 가능했다고 믿는다.

나는 더 이상 그냥 노인이 아니다. 신노인이다. 세상에 없던 노인이다.

차례

들어가는 말——5

1. 사람들은 나의 실패담을 좋아했다

아이러니하게도
인생에서 가장 행복했던 순간——21
대단치 않음을 깨닫다——29
인생은 아무도 모른다——38

2. 슬픈 날에는 야누스의 얼굴을 꺼낸다

너무 오랫동안 걸어왔다——53
아직 많이 걸어온 것은 아니다——57
불행의 얼굴은 하나,
행복의 얼굴은 여러 개——64

## 3. 인생은 나를 찾아가는 순례다

늙은 세포는 아무에게도 지지 않는다——75
노인이 되는 것과
약자가 되는 것은 다르다——85
내 안의 보물 허벅지——89
나는 지금 붉은 가을이다——97

## 4. 내 운명을 선택하니 다시 즐거워졌다

남자의 캐시미어 코트——109
달과 6펜스——119
내가 가고 싶은 길을 걷는다——131
다시 걷기 위해 외발로 묶는 구두끈——141
모난 돌이 정을 때리는 시대——150
엉덩이는 무겁게, 손은 재빠르게——158

1.

사람들은

나의 실패담을

좋아했다

## 아이러니하게도 인생에서 가장 행복했던 순간

　은퇴하고 나면 남은 생은 한적한 시골에서 유유자적, 그간 누려보지 못한 호강을 맛보게 될 줄 알았으나 IMF가 터졌고, 평생토록 겪었던 돈 걱정 말년에는 기필코 벗어나보겠다고 겁도 없이 집까지 담보로 잡혀 투자했던 것이 파투가 나면서 일흔을 앞둔 나이에 경매로 집을 날리고 길바닥에 나앉고 말았다.

　하늘을 올려다보며 한숨만 푹푹 쉬고 있을 때 어느 착한 양반이 나타나 주선해줘서 가게 된 곳이 묘막이다. 1년에 한 번 시제를 지내주면 100년 넘은 방 세 칸짜리 한옥에서 공짜로 살 수 있다. 여기에 쌀을 세 가마나 준다. 대신 묘지 풀을 깎고, 묘막에 딸린 밭을 관리해야 한다.

나이 일흔에 얼굴도 본 바 없는 200년 전 병조판서 양반의 뒤치다꺼리를 도맡기에는 힘이 부쳤다. 더군다나 이대로 무너질 순 없다는 절박감에 일본 작가들의 책을 번역하고 내 글도 써보고 하는 통에 묘지 풀 깎는 정도는 그럭저럭 견딜 만했지만, 군데군데 무너져가는 오래된 집과 그에 딸린 600평 밭을 보기 좋게 가꾸기에는 체력과 기운이 턱없이 부족했다.

결국 시제는 세 번만 차려주고 나왔다. 어느 날 문중 사람들이 떼로 찾아와서는 잡초가 무성해진 황폐한 밭과 양철 지붕이 반쯤 허물어진 집 꼬락서니를 보고는, "나이가 많아 이 지경이 되도록 내버려둔 것 같다" 면서 더는 못 맡기겠다며 나가라고 한 것이다.

누굴 탓할 수도 없는 상황이었다. 다행히 3년간 번역 일로 모아둔 돈이 500만 원쯤 남아 있었다. 그 돈을 들고 포천으로 집을 구하러 갔다. 시제 때마다 포천에서 오는 분이 계셨는데, 그쪽 집값이 비싸지 않다는 말을 들었기 때문이다.

화성에서 시외버스, 전철, 고속버스를 갈아타며 포천에 도착했다. '교차로' 같은 생활 정보지를 뒤져 보증금 500만 원에 월세 18만 원짜리 빌라를 찾아 그날로 계약했다. 계약서에 내 오래된 이름을 적는데 손이 떨렸다. 너무나 오랫동안 봐온 이름임에도 낯설게 느껴졌다. 새로 태어난 기분이었다. 3년 전 묘막에 입성할 때만 해도 나는 아마도 이 집에서 묘지기로 죽게 되리라, 포기했던 내 삶이 다시 한 번 기회를 잡고 출발선에 서게 된 기분이었다. 남들 눈에는 기껏해야 월세살이에 불과할지 몰라도 일흔 넘은 나이에 보증금 500만 원을 갖게 되었다는 감동이 내게 힘과 용기를 주었다.

아내와 이삿짐을 싸고 새벽에 묘막집을 떠나던 날은 꿈만 같았다. 내 인생에서 가장 행복한 순간이었고, 가장 떨리던 순간이었다. 열일곱 살에도 겪어보지 못한 벅찬 감동과 희열, 미래에 대한 기대로 가슴이 터져버릴 것만 같았다. 모든 것을 잃고 이곳에 왔던 내가 3년 만에 내 몸을 쉬게 할 수 있는 거처를 스스로 만들어냈다는 성취감에 나를 쫓아내는 문중 사람들이 고맙기까지 했다.

포천에 새로 자리를 잡은 뒤로는 가장 시급한 것이 월세 18만 원이었다. 매달 월세가 나간다. 돈을 벌어야 하는 것이다. 번역이라는 일은 항시 있는 것이 아니다. 게다가 날고뛰는 젊은 번역가들이 얼마나 많은지 모른다. 그들과의 경쟁에서 일흔 다섯 먹은 내가 뒤처지지 않으려면 그들이 알지 못하는 책, 그들이 번역할 수 없는 책을 찾아내 출판사에 알려줘야 한다. 그래서 생각한 것이 과거의 명저(名著)였다.

작가 사후 70년이 흐르면 저작권이 사라진다. 출판사 입장에서는 작가와 계약하지 않아도 되므로 비용을 절감할 수 있다. 당연히 내용도 좋아야 한다. 현대에 내놓아도 뒤처지지 않는 감각이어야 한다. 나는 온고지신(溫故知新)이라는 성어를 가슴에 새기고, 내가 젊어서 읽었던 책들 중에 아직 출판되지 않았거나 오래 전에 발간이 중단된 책들이 있는지, 포천에서 서초동 국립도서관까지 왕복 세 시간 반을 길에서 허비하며 열심히 찾아보았다.

그러다가 우연히 만난 책이 있다. 프랑스의 외과의사인 알렉시스 카렐(Alexis Carrel, 1873-1944)이 쓴 《인생의 고찰》이라는 저서다. 카렐은 혈관 봉합술로 1912년 노벨생리의학상을 수상했다. 끊어진 혈관을 이식하고 봉합해서 피가 통하게 하는 이 시술법은 오늘날과 같은 외과적 수술을 가능케 만든 일대 혁명이었다. 또한 게르마늄의 효능을 세상에 처음 알린 주인공이기도 하다. 그런 사람이 쓴 책이므로 전문적인 의학서일 줄 알았는데, 의사로서 미지의 존재와도 같은 인간에 대한 고찰, 특히 인간의 무한한 잠재 능력에 대한 찬사와 경의의 헌사로 가득했다.

수십 년 간의 임상 실험을 통해 카렐은 인간이 해부학적 지식으로는 설명되지 않는 존재임을 깨닫는다. 자신이 직접 난치병이라는 진단을 내리고 치료가 불가능하다고 선언한 환자가 몇 년 후 깨끗이 완치되어 나타난다. 어떻게 된 노릇인지 관찰했더니 기도의 힘이었다. 신(神)의 유무를 떠나서 기도라는 마음의 간구가 병든 몸의 아직 건강한 세포들을 정비해서 몸 안의 나쁜 세균들을 몰아낸 것이다. 몸은 마음의 지배를 받고, 마음은 몸의 상태를 따라간다. 사는 곳, 먹는 것, 입는 것, 만나는 사람들, 직업, 기술, 재능, 관심, 종교가 각 사람의 수명과 건강에 직결되어 있음을 발견한 것이다.

이 책에서 카렐은 사람이 나이 들어 상실하게 되는 신체 능력은 30퍼센트에 불과하다고 말한다. 단순 비교로 스무 살 청년 시절에 100킬로그램을 들 수 있었다면 일흔이 넘은 나이에는 70킬로그램까지 들 수 있다는 것이다. 노화와 함께 상실되는 30퍼센트도 속도와 순발력, 감각 같은 찰나의 아름다움일 뿐, 신체를 지탱시켜주는 지구력, 인내력, 소화력에는 차이가 없다. 오히려 신체 메커니즘은 완벽에 가깝다. 나이 들수록 주름 지는 것은 피부 표면의 수분이 증발하는 시간을 늦추기 위함이고, 몸에 안 좋은 자외선에 노출되는 면적을 줄이기 위함이다. 나이 들어 키가 줄어드는 것은 불필요한 골격을 줄여 소비되는 에너지를 절약하기 위함이다. 그렇게 절약된 에너지는 생명 유지 장치라고 할 수 있는 심장과 뇌에 우선적으로 공급된다. 인간은 겉으로 드러난 아름다움을 버리고 보다 완벽한 생명체로 탈바꿈하고자 우리가 노화라고 부르는 과정을 선택한 것이다. 따라서 노화(老化)라는 말은 틀린 표현이다. 진화(進化)가 맞다.

카렐은 내가 진화하고 있음을 알려주었다. 내 몸이 앙상하게 마르고, 얼굴에 검버섯이 피어나고, 머리카락이 빠지고, 이빨이 빠지고, 깊게 주름이 패여 허리와 어깨가 구부정하게 굽어가는 까닭은 보다 오랫동안 건강하게 현재의 상태를 유지하기 위한 30퍼센트의 희생이었다. 나를 나답게 만들어주는 70퍼센트를 위해 망설이지 않고 사라져준 30퍼센트의 내 육신에게 나는 감사할 수밖에 없다. 그에 대한 보답으로 나는 내가 끝나지 않았음을, 끝나기는커녕 이제야말로 내 평생 갈고 닦아온 나의 재능을 세상에 드러낼 시간이 되었다고 당당하게 말할 수 있는 용기를 지녀야 된다.

인간은 미지의 것이다. 우리 모두는 미지의 존재다. 내 안에 어떤 능력이 숨어 있는지, 내가 어떤 일을 할 수 있는지는 아무도 모른다. 재능은 나이 들어 사라지는 것이 아니기 때문이다. 오히려 나이가 들수록 더욱 풍성해진다.

## 대단치 않음을 깨닫다

전화 한 통을 받았다. 농민신문사 기자라고 자신을 소개한 청년은 내가 쓴 책을 읽었다며 인터뷰 좀 할 수 있겠느냐고 물었다. 나도 전직이 기자인데 까마득한 후배로부터 취재하고 싶다는 요청은 태어나서 처음 받아보는 일이었다.

처음에는 이 사람이 무슨 말을 하는가, 싶었다. 여든 중반의 쓰러지기 직전인 나 같은 노인네를 상대로 뭐 궁금한 게 있다고 인터뷰를 하겠다는 걸까 궁금해졌다.

젊은 기자는 전에 내가 쓴 책에서 은퇴 후 땅을

사고 전원주택 지었다가 적응하지 못하고 쫄딱 망해서 쫓겨난 대목을 감명 깊게 읽었다는 것이다. 베이비붐 세대의 은퇴가 한창인 요즘 귀농과 귀촌이 대유행인데, 이십 년 전 귀촌했다가 투자 실패로 평생 모아놓은 재산을 경매로 깡그리 날려먹고 묘막지기로 전락한 내 기구한 팔자가 참고될 만하다는 얘기였다.

예나 지금이나 기자라는 족속은 남의 상처를 후벼 파는 것으로 먹고산다. 나도 그 짓으로 돈 벌어 가족들을 먹여 살렸으니 선배로서 응당 나의 지난 아픔을 호기롭게 까발려보는 것도 좋을 듯싶다. 또 30년 넘게 남의 뒤꽁무니만 쫓아다니며 취재하고 그들의 이야기를 다뤘던 내가, 이 나이 먹고 사람들이 궁금하게 여기는 관심의 대상이 되었다는 것이 신기해서 길게 생각해보지도 않고 선뜻 응했다.

내가 사는 곳이 원주라 젊은 사람 고생시키기 싫어서 서울로 올라가겠다고 하자 원래 인터뷰란 취재 대상을 찾아가는 것이라며 1950년대 후반에

통신사 기자로 갓 입사했던 나를 한 수 가르쳐주기까지 하면서 내 방 구경도 하고, 내가 어찌 살고 있는지 구경도 할 겸 원주로 내려오겠다고 약속을 잡았다.

당사자인 나는 맨송맨송한데 아내가 더 극성이다. 얼굴에 검버섯이 났다면서 마사지를 해주겠다고 하질 않나, 자기 얼굴에 떡칠하는 무슨 파운데이션을 잔뜩 발라주겠다고 나선다. 태어나 처음 해보는 인터뷰보다 당일 아침부터 설쳐댈 아내가 더 성가스러워졌다. 그러다가도 늙은 지아비가 말년에 고생만 하다가 책을 써서 신문사 인터뷰까지 한다고 하니 그게 얼마나 대견스럽게 생각됐으면 저럴까 싶기도 했다. 괜스레 흥분해서 한 살이라도 젊어 보이게 캐주얼한 옷을 사고 머리를 자르고 염색을 하자며 나서는 아내 뜻에 따라 팔자에 없는 꽃 치장을 다 했다.

인터뷰가 잡힌 아침에 치장을 마치고 거울 앞에 섰다. 비비크림에 파운데이션까지 발라 호떡처럼 허여멀건해진 낯선 얼굴이 놀란 눈으로 나를 쳐다보고 있다. 새로 산 백바지에 줄무늬 티셔츠를 입고, 골프 모자에 아들놈이 아끼는 선글라스까지 몰래 훔쳐다가 썼다. 아내는 십년은 젊어 보인다며 칭찬 일색이다. 나는 괜히 우쭐해져서 기자 후배가 도착하기만을 설레는 마음으로 기다렸다.

마침내 벨이 울린다. 두 명이었다. 인터뷰를 맡은 기자와 사진 기자가 한 팀으로 움직인다고 했다. 사진 기자가 다음 스케줄이 있다며 우선 촬영부터 시작하자고 한다. 사진은 신문에 몇 장이나 실리냐고 물었다. 두 장이란다. 그깟 두 장이야 포즈 몇 번 취해주면 되겠거니 생각하고 본격적인 인터뷰는 점심에 술 한 잔 곁들이면서 시작하기로 했다. 그 전에 촬영부터 깔끔하게 마무리하자고 호기롭게 앞장섰다.

유명 작가들 인터뷰 기사나, 텔레비전 뉴스에 전문가랍시고 나오는 사람들을 보면 책이 빡빡하게 진열된 책장을 배경으로 뭐라고 떠드는 걸 봐왔기에 어젯밤 땀을 뻘뻘 흘려가며 정리한 서재로 데려갔다.

그런데 사진 기자 하는 말이 나랑 컨셉이 안 맞는 것 같다면서 밖으로 나가잔다. 팔십 먹은 할배의 야성미를 앵글에 담고 싶다면서 기껏 화장한 얼굴을 씻고 오란다. 인터뷰가 아니라면 두 번 다시 입을 일이 없는 백바지도 벗고 티셔츠도 벗고 스포티하게 추리닝 바람으로 갈아입는 게 좋겠다고 한다. 사진 기자가 말할 때마다 곁에 있던 아내의 표정이 일그러지면서 입을 삐죽 내민다. 암만해도 기자들 떠난 후에 부글부글 끓는 속을 나한테 죄다 쏟아버릴 듯싶어 긴장이 된다. 사진 기자 눈치 보랴 마누라 눈치 보랴, 아직 내 얘기는 입도 벙끗 안 했는데 지쳐서 목소리가 쩍쩍 갈라진다.

세수하고 스프레이까지 뿌린 머리도 감고, 아내가 평소 노숙자 같다고 핀잔을 준 추리닝 차림으로 갈아입었다. 그러자 신문 기자는 오토바이를 찾는다. 내가 쓴 책 《폭주 노년》에서 읽은 나의 이미지가 '폭주족'을 연상시켰다면서 오토바이에 올라탄 모습을 찍고 싶다는 것이다. 그래서 근처 중국집 배달 오토바이라도 빌려오냐고 했더니 그

건 자기 구상과 다르다면서 오토바이가 안 된다면 러닝머신 위에라도 올라가자고 재촉한다. 다행히 아파트 단지에 헬스장이 있다. 한 달에 만 원씩 내고 다닌다. 점심 전이라 사람도 없다. 사진 기자는 촬영하기에 딱 좋다면서 흡족한 미소를 짓는다. 나도 따라 웃으며 한숨 돌리려는데 다짜고짜 러닝머신에 올라가 뛰라고 한다.

평소에 걷던 속도로 느긋하게 걸으며 포즈를 취했다. 그래도 선글라스는 포기할 수 없어 또 썼다. 사진 기자 표정이 수상쩍게 변한다. 선글라스를 괜히 썼나 눈치를 보는데 걷지 말고 뛰라는 것이다.

시키는 대로 조깅하듯 천천히 달렸다. 사진 기자는 연신 "좋습니다" "그렇지요" "한 번 더요" 하고 박자를 맞춰주면서 나를 돌 사진 찍는 애 취급하며 어르고 달랜다. 그렇게 20분은 족히 뛰었을 것이다. 숨이 벅차게 차오른다. 인터뷰고 뭐고 간에 사진 찍다 죽게 생겼다고 부아가 치밀어오를 즈음에 이제 됐다며 다시 집으로 가자고 한다. 서재를 배경으로 한 컷 더 찍어야겠다는 것이다. 휘달릴 대로 휘달려 후들거리는 두 다리를 부여잡고 집에 들어오자마자 한숨 돌릴 틈도 없이 또 옷을 갈아입어라, 책상 배치가 마음에 안 든다, 그간 번역한 책들이 뒤에 나오도록 책을 꺼내라 집어넣어라…. 문득 이순재 씨가 보고싶어졌다.

이순재 씨가 이 글을 보게 될지 어떨지는 모르겠지만, 실토하건대 나는 그를 별로 좋아하지 않았다. 키도 자그마한 친구가 목청에 기스라도 낸 것처럼 갈라진 톤에 힘깨나 주는 것같이 들렸기 때문이다. 또 이름 좀 알려졌다고 정치권에 기웃대며 모친상에 대통령을 오라 가라 하지 않나, 내 비뚤어진 눈에 비친 인상이 꽤 시건방져 보였다. 아마도 내가 그 양반만큼 잘나가지 못한 데서 억한 감정을 품게 된 것 같다.

그중에서도 내가 그를 싫어하게 된 결정적인 이유는 보험 회사 광고에 나와가지고는 묻지도 따지지도 않고 팔십 세 노인도 보험 가입이 된다고 주구장창 떠들어대고 있다는 점이다. 아니, 팔십 먹은 노인네가 죄를 지은 것도 아닌데 평생에 갚지 못할 은총이라도 베풀어준다는 듯이 '묻지도 따지지도' 않는다고 떠들어대는 품이 마치 나 어렸을 적 일제 시대 동사무소 서기를 맡고서는 동네 형들을 만주 전쟁터로 내모는 데 앞장섰던 이웃집 아저씨, 동란 시절에 빨간 완장 차고는 말끝마다 '반동'을 외워대며 불알친구들에게 인민군복을 나눠주려 했던 사촌동생을 떠올리게 했다. 그깟 보험 하나 든다고 팔십 먹은 인생에 봄꽃이 피는 것도 아닐진대, 니들 자식도 못 해주는 보험 가입을 내가 시켜주겠다고 나서는 것 같아, 그가 나오는 드라마와 방송이면 무조건 채널을 돌려버렸다.

하지만 농민신문사의 사진 기자님 덕분에 이순재 씨는 팬이 한 명 더 늘었다. 그가 출연하는 '꽃보다 할배'라는 방송이 생각났다. 러닝머신 위를 걸어다니며 20분 촬영하는 것도 내 평생 다시 없을 곤혹과 긴장의 연속인데, 일흔 일곱 먹은 저 어린 친구는 낯선 프랑스 땅에서 일반 카메라도 아닌 텔레비전 카메라에 마이크까지 끼우고 열흘 가까이 촬영을 버텨냈으니 얼마나 대단한가. 나는 왜 그를 못 잡아먹어서 안달이었을까. 내 방 서재에서 내가 일하는 책상 앞에 앉아 내가 번역하고 쓴 책 앞에서 스무 방 남짓한 사진을 찍는 것도 이토록 몸이 닳고 축나는 기분인데, 그래도 명색이 대한민국에서 내로라하는 대배우가, 반백 년을 무대에서 연기로 자기 삶을 표현한 숭고한 인격체가, 힐튼호텔도 아니고 유스호스텔에서 배낭족과 한데 뒤섞여 철제 침대에 고단한 몸을 뉘이는 것까지 카메라에 찍혀야 되는 야박하고 속된 현실을 군말 없이 참아내고 받아들이는 모습을 보면서, 나는 그를 미워한 죄를 뉘우쳤다. 여든이 넘은 나이에도 번역하고 책을 쓴다는 것을 내심 자부했던 내 모습을 진심으로 회개했다.

그리고 깨달았다. 내가 하는 일이 결코 대단치 않음을.

## 인생은 아무도 모른다

농민신문 인터뷰로 팔자에 없던 모델이 되어 고생을 톡톡히 치른 지 며칠 안 돼서 핸드폰으로 한 통의 전화가 또 왔다. 국악방송이었다. 주말 밤에 방송되는 '유자효의 책 읽는 밤'에 출연할 수 있겠느냐는 요청이었다.

늦바람에 본데없이 굴러다닌 나 같은 늙은이를 여기저기서 찾아주는 게 고맙기도 하고, 평생을 뒷골목 선술집만 전전한 데 따른 후천성 배포 결핍증 탓인지 남 앞에 서는 것이 생리에 안 맞아 힘에 부친다는 걱정도 들고 해서 반가운 한편으로 마음이 뒤숭숭했다. 뭣보다도 이왕 사람들 앞에 나서는 것이라면 좀 좋은 내용, 부끄럽지 않은 삶의 행적이었으면 좋을 텐데, 국악방송 담당자와의 통화에서도 확인된 것이 육십 넘어 은퇴하고 내 글 쓴다며 시골에 집 짓고 들어갔다가 글을 쓰기는커녕 재산 다 까먹고 빈털터리가 되어 칠순 나이에 묘막 생활을 하게 된 경위를 재미나게 풀어 달라는 것이었다.

그래서 가만히 생각해보았다. 그 시절이 재미날 리 없다. 나로서는 이리 죽나 저리 죽나 어차피 길은 없다는 심정으로 칼을 품고 발버둥친 격정의 세월이다. 그걸 책으로 쓴 까닭은 부끄러움을 자랑삼아 돈푼이나 만져보자는 심보에서가 아니었다. 나보다 더 고되게 살아가는 분들에게 위로가 되었으면 해서, 그리고 아직 현직에 있는 많은 분들에게 나처럼 가족 고생시켜가며 늘그막에 비루해지지 말 것을 당부하는 심정에서 쓴 것이었다.

그런 만큼 나의 80년 넘는 인생에서 딱히 그 암흑 같은 시절에만 사람들이 관심을 가져준다고 해서 나쁠 것도 없다는 결론에 도달했다. 더군다나 라디오 아닌가. 카메라가 없다. 마다할 이유가 없었다.

사전 녹화로 진행되는 방송 날짜를 약속 잡고 국악방송국이 있는 상암동까지 가는 전철과 버스 길을 묻는다. 내비게이션이 가르쳐주는 대로 오시면 된다며 차가 없으시냐고 한다. 그래서 여행길에 내비게이션이 왜 필요하냐고 되물었다. 나한테는 동네에서 버스 타고 다음 정거장까지 가는 것도 여행이다. 지루해질 수 있는 하루에서 찾아낸 보물이다. 여행이라고 생각하면 매순간이 설렌다. 그 설렘이 내겐 활력이다. 지치지 않게, 무의미해지지 않게 기운을 북돋아준다. 강원도 원주에서 서울로 올라갈 때는 당연히 무궁화 표를 끊고 기차에 몸을 싣는다. 청량리에 내려서 길을 헤매며 복작대는 지하철 플랫폼에 줄을 선다.

여든 넘은 늙은이에겐 이 또한 큰 여행이고 감흥이다. 그렇게 마음과 정신에 작은 파장들을 만들어나가는 게 나의 인생 비법이라면 비법이다.

그것이 젊은 라디오 방송국 작가들에겐 괜한 생고
생처럼 보였을지도 모른다. 강원도 사는 나이 많
은 영감탱이를 서울까지 불러내서 쓰러뜨리는 건
아닌가, 겁이 났을 수도 있다.

며칠 후 메일로 질문지가 날라왔다. 내 쓰라린
아픔의 참극이 묘사된 대목을 무려 30분 간 주옥
같은 음악을 배경으로 전문 성우가 낭독해준다고
자세히 설명되어 있다. 개똥쑥처럼 짓밟히며 기생
했던 10여 년 전의 그 세월이 차반에 담겨 보기 좋
게 차려진다고 생각하니 격세지감에 몸 둘 바를
모르겠다.

그 시절 묘막집에 처음 들어가던 날, 나의 관심
사는 두 가지였다. 과연 내가 살아서 두 눈 뜨고
이 집을 빠져나갈 수 있을까? 여기서도 못 살게 되
면 나와 내 식구는 어떻게 되는 걸까? 1930년 말띠
의 생애가 평지풍파에는 이골이 났다고 여겼는데,
고희를 앞두고 이런 날이 올 줄은 몰랐다며 한없
이 무너져가던 그때의 내가, 십여 년 후 국악방송
라디오 프로그램에 내가 쓴 책을 들고 출연해 그

날의 이야기를 썰어놓게 될 줄 과연 상상이나 했던가.

여든이 넘어서도 세월은 무슨 짓을 저지를지 모르겠고, 인생은 끝까지 가봐야 알겠다고 혼자 고개를 조악거리며 질문지를 읽어봤다. 나말고도 내 나이쯤 되는 시기에 개고생에 개망신에 개죽이 되다 못해 개차반으로 전락한 이들, 이왕이면 유명한 위인들 가운데 몇 명 찾아서 비교해달라는 질문이 눈에 띈다.

제일 먼저 바그너가 떠올랐다. 바그너로 말하면 탄호이저, 파르지팔 등의 음악극으로 유명한 19세기 후반 최고의 작곡가다. 이 위대한 예술가는 젊어서부터 자기는 세상에서 최고로 위대한 인간이라는 과대망상에 빠져 남들과 똑같은 옷, 똑같은 집, 똑같은 음식을 먹어서는 안 된다고 여기며 여기저기서 닥치는 대로 돈을 빌려다가 흥청망청 써댔다. 나 또한 젊은 기자 시절에는 한 달 월급을 다음 달 월급날이 오기 전에 다 써야지만 회사에서 또 월급을 주는 것이라고 생각하며 살았다. 노총각이라 와이셔츠를 못 빨아 입어 소매에 새까맣게 때가 탔어도 구두는 매일 같이 구둣방에 맡겨 광을 내 신었다. 그 큰 신문사에서도 매일같이 구두닦이에게 구두를 맡기는 사람은 나밖에 없었다. 오죽하면 집사람도 45년 전 나의 젊은 날을 떠올릴 때 내가 사귀자고 다방에서 간청했던 그 역사적인 날의 내 얼굴, 내 표정, 내 떨리는 말투와 눈빛을 기억하는 게 아니라 자기가 커피를 쏟아부은 구두만 기억난다고 한다.

아내와 나는 열 아홉 살 차이다. 이 정도 나이 차이라면 도둑놈이 아니라 거의 국권 찬탈의 매국노 수준이다. 서른 아홉 늙은 기자가 스무 살 어린 아가씨에게 반했음에도 속마음을 꼭꼭 숨긴 채 늘대 같은 세상으로부터 보호자를 자처하는 삼촌인 척 가장하여 먹을 것으로 환심을 사며 접근했다. 그걸로 족했어야 하는데, 사랑인지를 하게 되면 사람이 미치는지라 편집국장이 찾건 말건 대낮부터 해장국에 말술을 들이켜고 아내를 다방으로 불러내 대뜸 좋아한다고 고백해버렸다.

고작 스무 살이었지만 그때부터 성깔이 보통이 아니었던 아내는 삼촌뻘의 믿었던 아저씨의 갑작스런 사랑 고백에 부끄러워하거나 당황하는 것이 아니라 어이가 없다는 듯 잠시 나를 노려보다가 마침내 입을 열었는데, 가타부타가 아닌 첫마디부터 반말에 치를 떨며 나의 경솔함과 망상을 탓하기 시작했다. 6.25 전쟁에 의용군으로 붙들려 신의주까지 끌려갔다 도망쳐 나올 만큼 나름대로 인생 험하게 굴렀다고 자부했던 나였으나, 젖살에 솜털까지 사랑스럽게 보였던 스무 살 아가씨의 입에서 막말이 계곡 물소리처럼 쏟아지는 것을 듣고는 기겁하지 않을 수 없었다. 그게 끝이 아니라 분노와 배신감에 온몸을 부들부들 떨던 아내는 울면서 내 넥타이를 움켜쥐려 했고, 내가 반사적으로 몸을 뒤로 빼자 자기 앞에 놓인 뜨거운 블랙 커피를 나에게 끼얹어버렸다. 당시 몸무게가 삼십팔 킬로에 불과했던 아내의 팔 힘 덕분에 커피는 내 얼굴로 날아오다가 중력에 이끌려 구두로 쏟아졌다.

그제야 아내는 정신을 차렸다. 내가 평소에 구두를 얼마나 좋아하고 아끼는지, 내 구두 값이 자기 한 달 월급을 훌쩍 넘는다는 걸 알고 있던 아내는 나중의 증언에 따르면 구두 값을 물어내라고 할까봐 겁이 덜컥 났다고 한다. 그런데 웬걸, 나는 아무 일도 아니라는 듯 냅킨으로 구두에 묻은 커피를 닦아냈고, 구두는 다시 새것처럼 반짝반짝 빛이 났다. 스무 살의 아내는 그게 신기해서 또랑또랑한 눈망울로 바라봤는데, 그 표정이 어찌나 귀엽고 사랑스럽던지 나는 세상에서 어떤 비난을 받게 되더라도 이 여자와 결혼해야겠다고 결심했다. 그날 낮술만 들이켜지 않았어도 나의 시신경은 제정신이었을 테고, 하여튼 술이 웬수다.

　　어쨌든 내 씀씀이가 그 정도였다. 월급날 아침에 출근하면 술집 마담부터 다방 레지, 구두닦이들이 한데 모여 내 책상 앞에 이열 종대로 서 있다. 내가 출근하기만을 눈이 빠지게 기다리고 있었던 것이다.

　　그런 나도 바그너에 비하면 새 발에 피다. 바그

너는 헤프기가 국제적 수준이었다. 예순이 넘은 나이에 빚쟁이들에게 붙잡혀 감옥에도 다녀오고, 빚 때문에 몇 번씩 이혼하고, 그래놓고도 정신을 못 차려 빚쟁이를 피해 늦은 밤 국경을 넘나드는 위험한 생활이 반복되었다.

하지만 그처럼 고단하고 다사다난했기에 바그너는 음악이라는 생명줄을 포기하지 못했다. 나이가 들어서도 배가 고팠기 때문이다. 그 배고픔이 단순히 육신의 굶주림에 국한되지 않고 명예, 신념, 의지, 욕망 같은 정신을 지배하는 데 이르렀기에 바그너는 예순 아홉 나이에 그 유명한 악극 '파르지팔'을 완성하고 독일 국왕이 관람하는 가운데 바이로이트 대극장에서 초연하게 된 것이다.

묘막에 기거하던 어느 날, 하릴없이 백과사전을 뒤지며 시간을 보내다가 우연히 바그너가 소개된 페이지를 넘기게 되었고, 히틀러와 니체가 우상처럼 섬겼던 대작곡가가 현재의 나와 비슷한 나이에 빚에 쫓겨 감방을 드나들었다는 것을 알게 되었다. 묘하게 기분이 좋아졌다. 감방에 갇힌 육십 넘은 바그너의 몸뚱이에 비하면 갑작스레 당한 망조의 충격으로 협심증까지 생긴 내 몸뚱이는 그래도 묘막이라는 집 한 칸을 뒤집어쓰고 누울 수 있다. 어찌 되었든 간에 나는 바그너보다는 형편이 좋은 것 아닌가. 그리고 좀 더 욕심을 내보자면 감방을 들락거리던 바그너도 예순 아홉 나이에 필생의 역작인 '파르지팔'을 완성하고 대성공을 거두었다.

타고난 재능의 차이가 있으므로 내가 바그너처럼 대작을 쓸 수는 없을 것이다. 그러나 바그너처럼은 아니더라도 바그너처럼 희망을 잃지 않고 내일을 기대하면서 이리 치대고 저리 치대다 보면 이 비좁고 누추한, 천장에서 매일 밤 쥐새끼들이 널뛰기를 하는 묘막에서 내 두 발로 걸어나갈 수 있게 되지는 않을까. 가슴속에서 작은 불꽃이 아직 꺼지지 않고 살아 있음을 깨달았다. 그때의 불꽃이 지금도 내 안에 살아 있다. 당연히 그때보다 훨씬 커져 이제는 불꽃이 아닌 가스 보일러쯤 된다고 생각한다.

지하철 2호선 홍대입구역에서 내려 버스를 타기 위해 계단을 오르면서 오늘 내가 하게 될 부끄러운 증언이 십여 년 전의 나에게 바그너가 해준 것처럼 위안과 용기가 될 수 있다면 이는 부끄러운 일이 아니라 감사히 여겨야 될 일이라고 생각했다. 이 보잘것없는 기나긴 실패의 삶이 누군가 딛고 일어설 징검돌이라도 될 수 있다면 세상에 있어도 좋을 만하다, 허락은 받게 되는 것이니 나로서는 한없이 기쁜 일이다.

토요일 밤 열한 시, 집에 라디오가 없어 인터넷으로 나의 목소리를 들었다. 바짝 얼어 목소리가 갈라져서 나온다. 국어책 읽듯 대본을 읽는다. 앞으로 드라마 보면서 세 끼 밥 잘 먹으면서 연기만 하는 사람들이 왜 저렇게 어색하냐고 다시는 비난하지 않으리라 다짐한다. 그래도 집사람에겐 팔십 먹은 늙은이 목소리로는 들리지 않지 않느냐고 허세를 부려본다.

그날 밤 잠이 오지 않았다. 2000년 2월 28일. 날짜도 잊지 못한다. 용달 트럭 하나를 빌려 전날 밤

미리 싸둔 짐을 실었다. 아내가 그토록 아끼던 미
제 웨스팅하우스 냉장고를 고물상에 넘기면서 돈
대신 짐 몇 개만 실어달라고 부탁했다. 그렇게 차
두 대로 내 손으로 지어 올린 집을 떠나 묘막으로
향했다. 내 평생 잊지 못할 그날이 이제는 나를 벗
어나 누군가에게 기쁨이 되고 위로가 된다. 그때
는 알지 못했다. 다시 이런 날이 올 줄은. 인생은
아무도 모른다.

2.

슬픈  날에는

야누스의  얼굴을

꺼낸다

## 너무 오랫동안 걸어왔다

　몇 달 전 홍대 근처 출판사에 다녀오는 길이었다. 젊은 편집자들과 기분 좋게 점심을 먹고 반주도 살짝 걸쳤다. 지하철을 타려고 계단을 내려가는데 갑작스레 왼발에 감각이 없어지는 기분이 들었다. 나도 모르게 술이 확 깼다. 놀란 마음에 난간을 짚고 심호흡부터 했다. 살다가 이런 기분은 처음이었다. 내 몸을 주체하지 못하고 땅바닥에 쓰러져버릴 것만 같은 두려움과 막막함이 머릿속을 하얗게 만들었다. 장딴지 근처를 지압하듯 꾹꾹 누르자 사타구니 밑쪽부터 힘이 쭉 빠져나가는

게 느껴졌다. 주저앉듯 해서 간신히 계단을 내려
가 벤치에 앉았다.

한참 동안 다리를 주무르자 그제야 오금이 구
부러지면서 발목이 힘을 낸다. 말 못하는 발목과
종아리가 80년 넘게 자기를 학대하고 막 굴려온
제 주인을 위해 마지막 안간힘을 쓰고 있다. 늙은
힘줄이 일어서보겠다고 사력을 다한다. 그런 모습
을 남들에게 보인다는 게 서글프다. 그날 어렵사
리 조심조심 집에 귀환하고 나니 다시는 밖에 나
갈 엄두가 나지 않는다.

우선 한의원에 가서 침을 맞았다. 한의사는 그
연세에 함부로 돌아다니면 안 된다고 경고한다.
집에서 잘 먹고 푹 쉬라고 한다. 그 말이 옳겠다
싶다. 물리 치료라는 것도 받아볼 겸 동네에 새로
생긴 정형외과를 찾아갔다. 엑스레이도 찍고 여기
저기 눌러보더니 진통제라는 것을 처방해줄 테니
밥 잘 자시고 푹 쉬란다. '이 사람아, 다리가 아픈
게 아니라 힘이 빠져 마비가 온다는데 감각을 무
뎌놓는 진통제를 주면 어떡하나' 라는 말이 목구

멍까지 치솟았지만 꾹 참고 약을 타왔다. 진찰을 마치고 나오려는데 정형외과 의사도 내 나이에 함부로 무리했다간 큰일나는 수가 있다며 마지막 겁박을 잊지 않는다.

의사들은 잘 먹고 누워 쉬는 게 최고라고 권했지만, 하루에도 수십 번씩 스멀스멀 기어나오는 역마살은 말띠생의 숙명과도 같다. 근심한 탓인지 살까지 빠져서 요즘 젊은 처녀들이 제 목숨과도 맞바꾸려 한다는 키 168센티미터에 몸무게 48킬로그램이라는 천혜의 몸매에 도달하고야 말았다. 몸이 가벼워지니 바깥바람이 쐬고 싶어 엉덩이가 들썩거린다. 이럴 땐 나가는 수밖에 없다. 누워서 천장만 바라보는 짓은 하루 이상 버티기가 힘들다. 때마침 집 앞 건너편 천변(川邊)에 시에서 새로이 운동 시설을 만들어놓았다. 게이트볼장과 농구장, 배드민턴 코트에 철봉, 평행봉, 롤러스케이트장이 줄줄이 들어선 것이다. 한 달쯤 바깥나들이가 계속되었다.

주뼛주뼛 트랙을 돌고 윗몸일으키기를 하고,

철봉에 매달려본다. 조금 익숙해지자 몸에서 땀이
난다. 정신의 열량이 아닌 배 속 깊숙한 곳에서 올
라오는 달궈진 근육의 열기에 조금씩 흥분될 즈음
모란앵무처럼 모자부터 운동화까지 형광색으로
차려입은 아주머니 하나가 낯선 늙은이를 위협하
듯 옆으로 빠르게 치고나간다. 귀에는 이어폰까지
꽂고 제법 그럴듯하게 걷는다. 질세라 따라가기를
10여 분, 녹다운이 되고 말았다. 상처받은 남자의
자존심은 둘째치고 왼발이 저려온다. 서둘러 집으
로 향한다. 횡단보도를 지나는데 걸음걸이가 예사
롭지 않다. 오른발이 무겁다. 하중이 그리로 쏠리
고 있다는 증거다. 나의 왼발이 2호선 홍대입구역
의 계단에서처럼 또다시 무너지려 한다는 신호였
다. 그때 확실히 깨달았다. 내 몸은 너무 오랫동안
걸어왔다는 것을. 이제는 그만 쉬고 싶어한다는
것을.

아직 많이 걸어온 것은 아니다

다 나았나 싶었는데 또 뭐가 문제인 걸까. 고작 한 시간도 안 되는 걸음에 마비되는 다리로 어찌 살아갈까. 혹시라도 이것이 나의 얼마 남지 않은 생애를 옭아매는 것은 아닐까. 불안과 걱정을 애써 참으며 아파트 엘리베이터 앞에 섰다. 9층까지 올라가야 한다. 빨리 올라가서 한숨 푹 잔 후에 진통제부터 먹어보고 그래도 차도가 없으면 내일 아침 날이 밝기 무섭게 침을 맞자, 속으로 다잡고 섰는데 엘리베이터 문이 안 열린다.

아뿔싸, 게시판에 엘리베이터를 점검한다는 공

지가 붙어 있다. 엘리베이터 점검이 끝나기까지 앞으로 세 시간은 더 기다려야 한다. 창피도 모른 채 남의 집 문 앞에 주저앉고 말았다. 힘이 빠져 내 것 같지 않은 다리를 어루만진다. 직립 보행은 인간의 전유물인 동시에 인격의 마지노선이다. 자랑인 동시에 가장 큰 약점이다. 두 발로 걸어다닐 수만 있다면 무엇이든 해볼 수 있어 겁나는 게 없지만, 걷지 못하게 된 인간은 모든 인간다움을 상실하고 사상 없는 짐승처럼 사료와 배설에 집착하게 된다. 나의 의지에 상관없이 그리 될 수 있다는 공포가 새삼 눈을 뜨게 해준다.

엘리베이터 앞 거울에 걸음마저 부자유한 여든 노인이 처량 맞게 비춰진다. 거울에 비치는 내 모습이 너무 가여워서 나의 왼발에게 한 번 더 일어서줄 것을 사정해보지만, 듣지 않는다. 왼발을 제외한 다른 신체들에게 왼발의 무게와 고통을 분담해달라고 부탁한다. 너희와 함께한 친구이니 저버리지 말고 일으켜 세워줄 것을 명령한다. 그래도 내 몸은 아직 모질지 않다. 주인의 마음을 헤아려

두 손은 벽과 손잡이를 붙잡고 용을 쓰고, 오른발은 평생의 동반자 몫까지 감당하며 힘겹게 계단 위로 올라선다.

계단을 하나씩 오를 때마다 뒤로 쓰러지면 어쩌나, 두려움이 커진다. 부아가 오른 나의 상념은 오로지 집에 가자, 이 몸을 이끌고 집에 가서 나를 배신한 왼발에게 복수하자는 생각뿐이었다. 너는 나를 쓰러뜨리려고 했지만, 나는 너를 한의원과 정형외과로 데려가서 무슨 수를 써서라도 원래대로 만들어놓을 것이다. 그리고 지금보다 더 많이 괴롭혀줄 것이다, 더 많이 부려먹을 것이다….

4층까지 올라가 또다시 주저앉으며 남도 아닌 내 몸이 철천지원수가 될 수 있음을 확인한다. 낯선 이 하나를 등에 업고 계단을 오르는 것 같은 고통이 전신에 퍼졌다. 이제 왼발을 써먹기는 글렀다는 생각에 차라리 마음이 편해졌다. 마음 같아서는 잘라버리고 외발로 살면 속 편하겠다는 나쁜 생각도 해보았다.

기다시피해서 용케 9층까지 올라왔다. 시계를

보니 한 시간 반이나 걸렸다. 죽지 않고 도착했다는 성취감에 두근대는 건지, 아니면 너무 힘들어서 터져버리기 직전이라 그런지는 모르겠으나 심장은 전에 느껴본 적 없을 만큼 벌떡벌떡 뛰고 있다. 가쁜 숨소리에도 머리가 어지럽다거나 가슴이 답답하지 않다. 오히려 지난 몇 년 동안 느껴본 적 없을 만큼 몸이 가볍다. 살았다는 안도감 때문일 것이라고 굳이 이유를 찾는다. 복도 창문으로 아래를 내려다봤다. 사람이 만든 계단으로 올라왔음에도 마치 암벽이라도 타고 기어오른 듯 착각한다. 이래서 인류는 에베레스트에 도전하는 것인가.

　무너지듯 소파에 앉아 아내를 부른다. 지난 두 시간 동안 내가 걸어온 생과 사의 전장(戰場)이 어떠했는지를 보고한다. 나는 아무래도 그른 것 같으니 앞으로 남편 병수발 들 각오하라는 말도 잊지 않는다. 한참 설(說)을 풀고 옷을 벗으려고 일어나 내 방으로 걸어간다. 그때 뒤에서 아내의 목소리가 들린다.

"잘만 걸으시네."

보리수 밑에서 붓다가 깨우친 마음의 소리가
그와 같을까. 고개를 떨구고 반나절 나를 기만한
왼다리를 응시한다. 멀쩡히 서 있다. 움직여본다.
발가락 끝까지 무뎠던 감각이 어느새 다시 돌아와
발목은 여느 때처럼 나를 버티고 서 있다. 귀신이
곡할 노릇이다. 왼쪽 무릎을 쳐드니 가슴팍까지
솟구친다. 방금 전까지만 해도 넋 빠진 뱀장어처
럼 흐물대던 왼발이 오른발과 보조를 맞춰 잘도
걷는다. 허벅지와 종아리 여기저기를 눌러봐도 아
픈 데가 없다. 힘이 빠졌던 기억조차 없다.

이게 웬일인가 기가 차서 엘리베이터 점검이
끝나기를 기다려 두 번째 외출을 감행한다. 잘 걷
는다. 아파트 단지를 두어 바퀴 돌아도 걷는 데 지
장이 없다. 그때 나는 깨달았다. 내가 깨달았다기
보다는 몸이 알려준 것이다. 나는 아주 오랫동안
걸어왔지만 아직 너 많이 걸어갈 수 있다는 사실
을.

내가 약해진 것은 나이가 여든넷이기 때문이

아니다. 나의 왼발이 지하철 계단과 아파트 엘리베이터 앞에서 무너진 것은 팔십 년 동안 앞만 보고 걸어왔기 때문이 아니다. 내가 나에게 자물쇠를 채우고, 모든 사람들이 나를 가리켜 '끝났다'라고 하는 말에 움츠러들었기 때문이다. 그러다보니 삶이, 생활이 조금씩 무서워졌기 때문이다. 내 손으로 내 안에 아직 생동하고 있는 잠재력을 가둬버렸기 때문이다. 많은 이들이 그렇게 서서히 무너져간다.

멈춰버린 엘리베이터 앞에서 나는 절박해졌다. 엘리베이터는 나를 9층에 떠 있는 내 집으로 인도해주지 못한다. 제대로 일어서지도 못하는 두 발에 의지해 집으로 가야 했다. 그러지 못하면 나는 차가운 복도에 쓰러지는 수밖에 없다. 그런 절박함이 내가 가둬놓았던 내 안의 진짜 '나'를 깨웠다고 생각한다.

단순함이야말로 강함의 증거다. 첫돌 무렵부터 시작한 걸음은 숨을 들이마시고 내뱉는 행위보다도 익숙하다. 너무 익숙해서 걷고 있다는 의식마

저 없다. 그래서 그것이 불가능해졌을 때 우리는 극복하려는 시도조차 생각해내지 못한다. 절박한 간절함은 그것을 가능케 한다. 간절함은 계기를 통해 만들어진다. 다행히 우리에겐 계기를 만들어 낼 수 있는 시간과 기회가 충분하다.

# 불행의 얼굴은 하나, 행복의 얼굴은 여러 개

로마 신화의 야누스는 얼굴이 네 개다. 동, 서, 남, 북에 각기 하나씩이다. 로마라는 도시를 세운 로물루스 시절부터 야누스는 '문(門)'의 출입을 관장하는 신으로 제사를 받아왔다. 이 문을 통해 도시에 길흉화복이 들어오므로 대접하는 게 마땅하다고 여겼던 것이다. 이 문을 열고 누가 들어올지는 아무도 모른다. 친구일 수도 있고, 칼을 품은 적일 수도 있다. 문을 열고 들어온 자의 얼굴이 분노에 가득 차 있을 수도 있고, 나의 위로를 구하며 울고 있을지도 모른다. 어떤 얼굴을 하고 있는 사람이 문을 열고 들어오느냐에 따라 내 얼굴도 바뀔 수 있다. 그로 인해 나는 슬퍼질 수도 있고, 기뻐할 수도 있기 때문이다. 그 불안과 기대의 감정을 로마인들은 신으로 섬겼다. 그게 바로 야누스다.

혼히 인생을 '야누스의 얼굴'에 비유하곤 한다. 포커 페이스도 능력이라지만 인간의 얼굴에는 어마어마하게 많은 주름과 신경 세포들이 자리하고 있다. 이들의 역할은 단 하나, 표정이다. 내 안의 감정을 표현하는 것이다. 때론 나 자신의 기분을 잘 모를 때가 있다. 그럴 때는 거울을 본다. 거울 속 내 얼굴을 보고 내가 지금 이런 기분이었구나, 깨닫는다. 사람 마음은 안에 있다고들 하지만 밖으로 꺼내서 들고 다니기도 한다는 것을 새삼 깨닫게 되는 것이다. 그리고 또 한 가지를 생각하게 된다. 밖으로 드러난 것은 얼마든지 손댈 수 있다는 것. 왜냐. 손으로 만져지고 눈으로 확인되기 때문이다. 머릿속에 있는 지식에 쪽지를 써서 집어넣는 것은 불가능하다. 보이지 않는 곳에서 나의 마음이 슬픔에 잠겨 있는데, 마음속으로 손가락을 집어넣어 억지로 간질여 웃게 만들 수는 없다.

하지만 무표정한 입가를 손으로 끌어올려 웃게 만들 수는 있다. 울고 있는 눈가를 닦아내서 눈물을 지워버릴 수는 있다. 속으론 울고 있어도 얼굴은 웃게 만들 힘이 우리에겐 있다. 이것은 억지도, 거짓도 아니다. 야누스의 얼굴이다.

아침에 동문에서 해가 떠오르면 서문은 그늘이 진다. 정오에 남문 꼭대기에 해가 걸려 있으면 북문은 음습한 찬 기운이 맴돈다. 서문에 그늘이 졌다고 해서 그 시간을 저녁이라 부를 수 있을까. 북문에 찬 기운이 감돈다고 해서 그때를 겨울이라 부를 수 있을까. 동문에 내리쬐는 아침 햇살과 남쪽 하늘에 걸려 있는 뜨거운 태양빛은 누구를 위한 것일까. 이 또한 내게 주어진 밝음이며 희망이다. 로마인들이 야누스의 얼굴을 신으로 섬긴 이유가 여기에 있지 않을까. 의지로써 슬픔을 참아내고, 분노해도 웃을 수 있고, 기뻐도 인내할 수 있

는 힘을 얼굴에서 찾았기 때문에 그것이 인간으로
서 다행이고 행복해서 그들은 한 해의 시작인 1월
의 이름을 야누스라는 이름을 따 'January'로 정
하고 기념했던 것은 아닐까.

내가 묘막에 들어갈 때 수중에 돈푼이라곤 150
만 원이 전부였다. 하필 아이엠에프(IMF) 직전이
라 멀쩡한 집도 제 값을 받지 못할 때여서 경매로
넘어간 집은 네 번이나 유찰된 끝에 시세의 30퍼
센트 남짓한 금액에 낙찰되었다. 고맙게도 내 처
지를 불쌍히 여긴 법원에서 이사 비용으로 150만
원을 쥐어줬다.

곧 있으면 나야말로 젯밥을 받아야 될 신세인
데 이제 와서 새삼 누구의 젯밥을 지으란 말인지
하소연할 데도 없고 가슴이 터질듯 답답했다. 그
래서일까. 묘막에서 몇 달 지내지도 않았는데 협
심증이란 것이 찾아왔다. 건강 보험료가 밀려 자
격도 박탈당한 터라 병원에 가볼 처지도 못 되었
다. 한때 주치의였던 의사 양반에게 뾰족한 수가
없느냐고 상의하니 니트로글리세린이라는 화약의

주재료를 쥐어준다. 이걸 새끼손가락 끝에 찍어 혀에서 녹이면 통증이 완화된다는 것이다. 대신 독약이므로 이러다간 죽겠다 싶을 때만 먹으라고 했다. 한 봉을 다 털어 넣으면 어떻게 되느냐고 물었다. 끝이라고 한다. 그 말이 그때는 그렇게 기쁠 수가 없었다. 늘 들고 다녔다. 아플 때 먹으려고 들고 다닌 게 아니다. 태어남은 그러하지 못했으나 끝남은 나의 뜻대로 내가 원하는 곳에서 행할 수 있다는, 인간으로서 나의 마지막 자존감을 니트로글리세린이 보장해주었기 때문이다. 내 추레한 몰골에 슬퍼질 때, 세상으로부터 버려졌다는 실망이 나에 대한 분노로 돌아올 때, 그때마다 내 손에 쥐어진 독약을 어루만지며 오늘 하루만 더 버텨보자는 각오로 기운을 차렸다.

그로부터 10여 년이 눈 깜짝할 사이에 흘렀다. 한창 일할 나이의 젊은 출판인들과 술자리를 가질 때면 반드시 내게 던지는 질문이 있다. 언제까지 일하실 거냐고. 나는 아흔다섯까지 일할 계획이라고 일말의 주저함도 없이 대답했다. 나의 은퇴는

10년 후에나 될 것 같다.

10여 년 전에 죽을 고비를 넘겼고, 10여 년이 흐른 지금 새로운 10년을 준비한다. 10년 전에는 칠십대였고, 지금은 여든다섯, 10년 후에는 아흔다섯이 될 것이다.

내 안의 야누스는 아직도 보여주지 못한 표정이 있을까. 내가 보지 못한 나의 얼굴이 아직 남아있을까? 분명히 말할 수 있는 것은 인생의 어둠은 컴컴하다는 것뿐이다. 슬퍼지면 눈물이 난다는 것뿐이다. 그 외에는 없다.

하지만 인생의 밝음은 환하기만 한 게 아니다. 태양의 흑점이 터진 듯 강렬하게 눈부신 날이 있는가 하면, 미명에 동틀 때 내 몸을 감싸주는 따뜻함이 전해지기도 한다. 때로는 날이 끝나가는 석양빛이 세상을 아름답게 물들일 때도 있다. 기쁨도 마찬가지다. 박장대소가 있고, 미소가 있고, 너무 웃다가 울어버릴 때도 있다. 나쁜 감정은 단순하지만 기쁘고 행복한 감정은 복잡 미묘하다. 때로는 내 것을 양보해서 뿌듯하고, 확신했던 성공이 뒤로 미뤄져서 자신감이 생기기도 한다.

울고 있는 야누스의 얼굴 뒤에는 웃고 있는 얼굴이 기다리고 있다. 10년 전의 나는 그것을 알지 못했다. 그때로 다시 돌아간들 깨닫지 못할 것이다. 하지만 또 10년이라는 세월을 견뎌내며 어떻게든 앞으로 한 발 내디뎠을 것이다. 그게 인생이기 때문이다.

3.

인생은

나를  찾아가는

순례다

## 늙은 세포는 아무에게도 지지 않는다

　5400만 년 전 강가에 터를 잡고 무리를 이룬 돼지들이 있다. 먹이 경쟁이 심한 내륙의 초원에서 밀려난 '약자'들이었다. 이 녀석들의 주식은 강변의 수풀이나 물벌레, 얕은 물에 사는 조그만 물고기였다. 그런데 번식이 반복되면서 여기도 경쟁이 점점 치열해졌다. 힘이 약한 녀석들, 혹은 경쟁이 무의미하다고 여긴 녀석들은 조금씩 더 깊은 하류로 내려갔고 마침내 바다에 도착했다.

　두 갈래로 굽어진 발굽 사이에 물갈퀴가 생겼고, 몸은 유선형으로 변해갔다. 물에 대한 적응도가 높아지면서 몸 안에서도 변화가 일어났다. 'MCT1'이라는 유전자가 자체적으로 생성된 것이다. 이 유전자 덕분에 돼지는 아가미 없이도 물속에서 한 시간씩 잠수할 수 있는 능력을 갖게 되었고 먼 바다로 나가는 것을 두려워하지 않게 되었다. 짠 바닷물에 적응하는 동안 몸속에서는 'ACE2'라는 유전자 세포가 생성되었다. 염분을 아무리 많이 섭취해도 몸에 탈이 나지 않게 된 것이다. 그렇게 돼지는 고래가 되었다.

돼지가 고래로 바뀐 정도는 아니지만, 여기 또하나의 놀라운 변신이 있다. 정확히 말해 변신이라기보다는 감탄을 금할 수 없는 지속이다. 그녀의 이름은 카르멘 델로피체(Carmen DellOrefice). 올해 나이 여든 여섯의 현역 패션모델이다. 요새도 세계적인 패션 잡지에서 당당히 한 페이지를 차지하고 있는 잘나가는 모델이다. 몸매가 20대 모델과 비교해서 눌리지 않는다. 젊어서는 그야말로 전 세계 예술가들의 '뮤즈'였으나, 원체 서양 여자들 콧대가 높고 눈매가 깊어 언뜻 보면 못된

시어머니 같은 인상을 풍겨서 조금 무서운 감이 없잖아 있다.

나이가 들어 열정이 사라지는 게 아니라 열정이 사라져서 나이가 든다는 걸 그녀에게서 배운다. 한국 나이로 여든 일곱. 키 178cm에 몸무게의 첫자리는 여전히 '4'를 유지하는 그녀는 평생 44 사이즈를 벗어난 적이 없다고 한다. 이탈리아 밀라노, 프랑스 파리의 패션쇼 무대에서 10대, 20대 모델들과 경쟁하며 활동한다. 그녀의 라이벌은 딸뻘이나 손녀뻘이 아니다. 증손녀뻘이다. 그럼에도 물러서지 않는다. 나이가 들수록 여든이 넘은 패션 모델의 가치는 시장에서 더욱 각광을 받아 각종 화보와 텔레비전 토크쇼의 단골 손님으로 맹활약하고 있다. 놀라운 것은 얼굴에 그 흔한 보톡스 한 방 안 맞았다는 것이다. 머리도 염색한 적이 없단다. 자연스런 백발이다. 자연미가 이토록 아름답다는 데에 새삼 경의를 표한다.

알려진 대로 모델의 수명은 매우 짧다. 패션쇼와 잡지에서 볼 수 있는 모델들의 나이는 짧게는

10대 중반에서 많아봐야 30대 초반이다. 최전성기를 누리는 모델들은 10대 후반에서 20대 중반까지다. 여성 비하라고 비난할지 몰라도 여자의 아름다움은 20대가 지나면서 사그라지기 시작한다. 적어도 외모는 그렇다.

1931년에 태어난 카르멘 델로피체가 아름다운 이유는 겉모습에 담아내지 못할 세월의 아름다움이 축적되어 있기 때문이다. 세월 속에서 겪었던 좌절과 고통, 성공 후의 쓸쓸함, 이별 등이 그녀의 무딘 발굽을 잘 빠진 지느러미로 바꿔주었기 때문이다. 그녀의 첫 시작은 1947년 열다섯 나이에 〈보그〉라는 세계 제일의 패션 잡지 표지 모델이었다. 그 후 정확히 66년이 지난 2013년 6월호에 그녀는 다시금 〈보그〉의 표지 모델이 되었다. 감히 비유컨대 그녀는 5400만 년 전 어느 용감한 돼지가 그랬듯이 아무도 시도해본 적 없는 바다로 헤엄쳐나간 것이다.

델로피체는 기네스북에 오른 최고령 모델이다. 이런 타이틀이 없어도 그녀는 특별하다. 전성기였던 1960년대에는 당대 최고의 사진 작가였던 어빙 펜, 세실 비튼이 그녀를 피사체로 삼기 위해 줄을 섰으며, 초현실주의 화가로 유명한 살바도르 달리의 뮤즈이기도 했다.

그녀는 여전히 발레로 몸을 다듬고 모든 인공적인 가미를 철저히 배제한다. 흰머리를 그냥 내버려뒀더니 개성이 되었고, 하나씩 늘어나는 주름엔 의미가 있어 아름답다고 말한다. 모델 같은 몸매를 꿈꾸며 목숨을 담보로 다이어트에 매달리는 젊은 여성들, 세계 제일의 성형 국가라는 오명 아닌 오명을 부끄러워해야 하는 우리 딸들에게 여든여섯 살의 나이로 60년 넘게 모델 활동을 지속해 온 카르멘 델로피체는 돼지에서 진화한 고래가 아닐까. 한때 그녀가 모델로 나섰던 롤렉스 시계의 '클래스는 영원하다' 는 광고 카피처럼 '진화는 영원하다' 는 것을 그녀가 증명해주는 듯싶어 무척이나 고마웠다.

그러고 보니 새삼 잊고 지낸 사실이 있다. 우리 몸이 세포로 이루어져 있다는 점이다. 피부과 의사에게 '영원한 젊음'을 요구하기 전에 우리가 먼저 인정하고 받아들여야 될 중요한 사실은 인간이 세포로 구성된 하나의 물질이라는 점이다. 우리네 인생은 따지고 보면 하나의 세포다. 엄마의 모태에서 핵분열을 일으킨 단 한 개의 세포에서 시작되었다. 그 후 10개월의 성장 끝에 인간의 형체를 갖춰 세상에 태어났다. 그리고 죽음에 이르기까지 220가지 종류, 약 60조 개에 달하는 세포로 구성된 '인간'으로 살아간다. 그러다가 병균과 세균, 성장과 노화로 병들어 사라진다.

여기서 문득 한 가지 의문이 생긴다. 젊음은 무조건 선(善)한가. 젊은 세포일수록 건강하고 어린 세포일수록 오래 사는 것인가. 늙고 기운이 다한 낡은 세포의 결말은 오직 죽음뿐인가⋯. 도서관에서 의학 서적 몇 권을 찾아봤다. 결론은 충격적이었다.

젊은 세포일수록, 아니 어린 세포일수록 병균과 세균의 공격에 취약하다는 것이다. 어린 세포들은 주위 환경에 너무나 쉽게 백기를 들고 항복

을 선언한다. 인간 생명의 근원은 면역력이다. 이
면역력은 젊고 싱싱한 세포끼리 조합되었을 때는
기능적으로 형편없다. 병균과 세균의 입맛을 자극
하는 싱싱한 먹잇감에 불과하기 때문이다.

이것은 자연이 감춰놓은 진실이다. 그리고 노
화라는 숙명을 안고 살아갈 수밖에 없는 인간이
깨달아야 될 현실이다. 현실 속 우리들은 늙을수
록 강해지고, 늙을수록 병들지 않는다. 인간의 신
체가 늙어갈수록 인간다움의 기능은 완전체에 가
까워진다. 정신과 이성에 관한 이야기가 아니다.
육체에 대한 과학적 진실을 말하고 있는 것이다.

젊고 싱싱한 세포는 병균과 세균의 공습 없이
도 스스로 죽어버린다. 환경이 조금만 불리하게
작용해도 적응할 생각을 안 하고 제풀에 도태된
다. 반면에 늙은 세포는 최악의 환경에 방치해놓
아도 어떻게든 살 궁리를 한다. 질기기가 쇠심줄
같다. 젊은 세포는 일정량의 영양분을 매일같이
공급해주지 않으면 굶주림을 참지 못하고 죽어버
린다. 누가 공급해주지 않으면 스스로 먹을 것을

찾지 않고 사멸을 택한다. 이유가 있다. 젊은 세포의 존재 목표가 성장이기 때문이다. 젊음은 유지를 고려하지 않는다. 지속을 갈망하지 않는다. 오직 성장만을 추구한다. 성장은 끝없는 요구의 반복이다.

무사히 성장기를 마치고 노화에 접어든 세포는 공급이 중단되어도 당황하지 않는다. 성장에는 무리가 있어도 지속에는 별 어려움이 없기 때문이다. 정 먹을 게 없으면 제 살을 갉아먹고서라도 버틸 수 있을 때까지 버틴다. 반 년씩 비가 내리지 않아 바짝 메마른 아프리카의 대지가 그러하듯이 닭 껍질 같은 보기 흉한 나의 주름 뒤에 생명의 질긴 숨결이 고스란히 남아 있다. 어떤 희생과 고통과 절망을 감수하더라도 노화된 세포는 존속이라는 지상 과제를 실천하는 데 망설임이 없다. 성장 과정에서 익힌 모든 재능과 인내를 총동원한다. 그 이유가 뭘까. 왜 우리 몸은 이토록 고단한 삶의 행군을 멈추려 하지 않는 것일까.

'존재한다' 라는 한 가지 진리를 위해서다. 이

때문에 세포는 자기 안에 기록된 모든 메커니즘을 총동원한다. 나이 든 세포에겐 그간의 생존 경험에서 얻어진 지혜와 지식들이 축약되어 있으므로 생존은 그리 어려운 일도 아니다. 알츠하이머에 걸린 뇌는 열 달을 뱃속에서 키워낸 내 아이와 반백 년 살을 맞대고 살아온 배우자의 이름을 망각한다. 그러나 생존과 지속에 직결된 숨쉬고, 먹고, 마시고, 배설하는 일까지 잊어버리지는 않는다. 벽에 똥칠은 해도 배설하는 걸 잊어버리진 않는다. 인간이 타고난 궁극의 지혜가 이것이고, 생명의 신비가 있다면 바로 이것이다. 그리고 어쩌면 이 같은 궁극의 지혜에 우리가 존엄이라 부르고 자존이라 부르는 인간성의 참된 가치가 숨어 있는지도 모른다.

정신 활동과 육체 활동은 상호 의존하고 있다. 정신이 뇌 속에 갇혀 있다는 고전적인 개념은 옳지 못하다. 몸 전체가 지적, 정신적 활동력의 원천인 것이다. 사상이라는 것은 대뇌피질뿐 아니라 고환이나 자궁 같은 내분비선에서도 만들어진다.

정신이 올바로 표현되려면 생체의 완벽한 통합은 필수다. 인간은 두뇌뿐 아니라 내장 기관을 통해서도 생각하고, 발명하고, 사랑하고, 고뇌하고, 동경하고, 기도하는 존재로 진화되었기 때문이다. 이는 마치 돼지가 소금물을 먹고도 죽지 않기 위해 'ACE2' 세포를 만들어내고, 발굽 대신 지느러미를 택한 것과 마찬가지다.

## 노인이 되는 것과 약자가 되는 것은 다르다

버스나 지하철에서 서서 가는 일이 거의 없다. 젊은 친구들이 알아서 자리를 양보해준다. 그러면 나도 그냥 앉지 않고 고맙다고 인사하며 들고 있는 가방이라도 달라고 한다. 그렇게 자리에 앉아서 일서를 꺼내 읽는다. 그러면 젊은 친구들이 신기한 듯 쳐다본다. 그런 걸 의식하고 나도 자랑삼아 일부러 꺼내 읽는다. 내가 그냥 늙은이가 아니라는 것을 보여주기 위해서다. 우리나라의 외국어 교육열은 다들 알고 있을 것이다. 외국어 하나만 잘해도 취직이 되는 이상한 나라가 바로 대한민국이다. 그런데 늙어빠진 영감탱이한테 재수없게 걸려서 자리를 양보했더니 꼬부랑꼬부랑 일본 글씨로 된 책을 떡하니 꺼내놓고 읽으니 신기하게 보일 수밖에. 간혹 옆자리에서 말을 거는 아가씨도 있다. 일어과에 다니고 있는데 어떻게 하면 빨리, 쉽게 배울 수 있느냐고 묻는다. 나는 성심껏 대답한다.

버스, 지하철에는 '노약자석'이 있다. 노인과 약자를 위한 사회 구성원들의 베풂이다. 감사한 마음으로 이용하는 게 배려에 대한 답례일 것이다. 그래도 한 가지 짚고 넘어가고 싶은 게 있다. 비록 노약자로 분류되기는 했어도 노인과 약자는 엄연히 다르다는 사실이다.

약자란 말 그대로 약한 사람들이다. 몸이 불편한 환자, 임산부, 대중교통에 익숙하지 않은 어린아이들이다. 이 사람들은 요동치며 운행하는 버스와 장시간 서 있어야 하는 전철을 이용하는 데 불편함이 많다. 반면에 똑같이 대중교통을 이용하는 노인 중에는 이들과는 비교도 안 될 정도로 건강한 사람이 많다. 고령에도 불구하고 집을 나설 수 있었던 것은 체력이 뒷받침되기 때문이다.

스무 살 청년과 환갑을 맞은 장년의 능력을 비교하자면, 청년들 눈치를 좀 봐야겠지만, 종합적으로 판단했을 때 환갑 먹은 장년이 압승한다. 기운은 스무 살 청년보다 부족할지 모른다. 창의력과 모험 정신, 도전 의식 등에서도 스무 살 청년이 앞설 것이다. 하지만 40년이나 세상을 경험하고, 대인 관계를 유지해오고, 지식을 습득하고, 주도적으로 사안을 판별하여 분류한 정서적·지적 능력은 스무 살 먹은 애송이와는 비교가 안 된다.

그러나 세상은 스무 살 애송이가 마흔 살이 되는 무렵에는 안정적으로 사회의 중추가 되기를 바라는 마음에서 완성형 인간을 목전에 둔 환갑의 노인을 세상 밖으로 나가라고 떠민다. 노인에게 이것은 엄청난 손실이지만, 어쩔 수 없이 감수해야 할 형편이다. 극심한 경쟁 체제에서 국가의 미래인 젊은 세대에게 더 많은 기회를 주기 위해서는 어쩔 수 없기 때문이다. 나쁘게 말하면 방출이고, 좋게 말하면 희생이다. 약자는 방출의 대상이고, 강자는 희생으로서 물러남을 선택한다. 우리는 나이 든 강자로서 늘 그렇게 살아왔듯이 한 번더 희생을 감수했다고 스스로를 위로해야 한다. 우리는 젊은 사람만큼 건강하고, 강단 있고, 젊은 사람들보다 훨씬 더 지혜롭고 똑똑하지만, 그들의 40년을 위해 우리의 20년을 고독과 어둠 속으로 내모는 구도의 길을 떠나간다고 여기면 되는 것이다.

## 내 안의 보물 허벅지

매일 아침 주민 센터 3층에 자리한 헬스 클럽을 찾는다. 이 나이 먹고 제프리 라이프 박사 같은 몸짱을 꿈꾸지는 않겠다. 제프리 박사는 미국에 사는 의사다. 환갑까지는 병원에서 열심히 돈을 벌었다. 은퇴할 시간이 다가오자 박사는 새로운 모험에 나섰다. 몸짱이 되기로 한 것이다.

하지만 제프리 박사는 단순히 운동만으로 몸을 만들 생각은 없었고 그럴 자신도 없었다. 직업이 의사인 만큼 호르몬과 약물을 이용해 사라진 신체 능력을 회복시키기로 한 것이다. 고환암을 극복한 인간 승리의 선구자로 추앙받았던 랜스 암스트롱을 사이클계에서 영구 추방시키고, 미국에서 제일 돈 많이 버는 야구선수인 알렉스 로드리게스를 사기꾼으로 만든 남성 호르몬 테스토스테론과 스테로이드, 성장 호르몬을 뒤섞어 투약했다. 그리고 불과 몇 년 만에 똥배 불룩한 60대 남자는 20대 청년도 울고 가는 근육질의 헐크가 되었다. 일흔 세 살인 제프리 박사는 여전히 세계 최고의 몸짱 할아버지로 군림하고 있다.

약물과 운동을 통해 몸을 개조시킨 제프리 박사는 누구든지 자기처럼 될 수 있다고 말한다. 다만 1년에 약값만 1700만 원이 든단다. 그래도 미국에서는 대인기라고 한다. 8000만 명에 달하는 미국의 은퇴 세대들이 제프리 박사처럼 제2의 인생을 꿈꾸며 몸에 이런저런 약물을 투여하고 운동한다. 그리고 몸짱이 된다. 이런 사업이 작년에만 미국에서 8억 달러 규모로 성장했다고 한다.

그런데 문제가 있다. 약물에는 부작용이 따른다는 점이다. 스포츠에서 약물을 금지시킨 이유는 약물을 복용한 선수와 그렇지 않은 선수 간에 불평등한 조건이 발생해서가 아니다. 부작용 때문이다. 장기적으로 호르몬을 투약한 사람은 고혈압과 암에 걸릴 수 있다. 성격도 달라진다. 작은 일에 화가 나고 쉽게 우울해지고, 그러다가 항정신성 약을 복용하게 된다. 약이 약을 부르고, 내 몸은 점점 더 약물에 의존하게 된다. 밥 없이는 살아도 약 없이는 못 사는 신세가 되고 만다.

노년층은 가벼운 운동을 꾸준히 하는 것이 좋다고 한다. 걷기, 수영, 스트레칭 같은 척추와 관절에 부담이 적은 운동을 조금씩, 꾸준히 해야 효과를 기대할 수 있다는 것이다. 통증이 느껴지지 않는 범위 내에서 운동해야 하며, 통증이 느껴질 때는 반드시 휴식을 취하거나 병원에 가서 물리치료를 받으라고 의사들과 전문가들이 권하고 있다.

나이에 맞는 운동, 나이에 맞는 삶, 무리하지 않는 생활이 말년의 철칙, 나아가서는 의무처럼 강요되고 있다. 여기서 나는 한 가지 의문을 느낀다.

미국의 장노년층 세대가 1년에 1700만 원씩 써가면서 몸짱을 바라는 까닭은 그들이 원하기 때문이다. 젊은이 못잖은 근육을 뽐내기 위해 검증되지 않은 약물 부작용까지 감수하는 이유는 감정이 살아 있기 때문이다. 좀 더 나아가고 싶은, 발전하고 싶은 열망이 감춰지지 않기 때문이다.

우연히 '생로병사의 비밀'이라는 프로그램을 보았다. 그날 방송의 주제는 허벅지였다. 허벅지는 신체 근육의 30퍼센트가 밀집되어 있는 기관이다. 그냥 넓적다리가 아닌 건강한 활동의 진원지였던 것이다. 관절의 움직임은 관절 주변을 둘러싸고 있는 근육의 양과 질에 비례한다. 허벅지 근육이 튼튼할수록 무릎 관절도 튼튼해진다. 퇴행성 관절염을 예방하는 것은 기본이고, 만에 하나 퇴행성 관절염에 시달리고 있더라도 허벅지 근육을 늘림으로써 통증을 줄일 수 있다.

허벅지는 당뇨 및 혈관 질병과도 직결되어 있다. 허벅지가 가느다란 사람은 그렇지 않은 사람보다 당뇨병에 걸릴 확률이 몇 배나 더 높다고 한다. 허벅지 근육이 감소됨에 따라 우리 몸의 당 대사가 나빠진다. 염증 수치가 올라가고, 이 때문에 심혈관 질환 같은 만성 질환에 노출될 위험이 커진다. 겉보기엔 고도 비만으로 보이는 씨름 선수들이 당뇨병에 걸리지 않는 이유는 바로 굵은 허벅지 때문이다.

내가 다니는 동네 헬스 클럽의 주 이용층은 오륙십대다. 건강해 보이는 그들에게 왜 굳이 힘든 운동을 자처하냐고 물어봤다. 살을 빼기 위해서란다. 그런데 살을 빼려면 큰 근육으로 지방을 태워 없애는 것이 최선이다. 알통이라든가, 요즘 유행하는 식스팩의 복근은 쉽게 말해 찻숟가락에 불과하다. 아무리 배에 왕자가 새겨져도 뱃살은 빠지지 않는다. 옆구리나 등쪽으로 이동할 뿐이다. 허벅지처럼 큰 근육을 키워야만 양동이로 지방을 퍼내는 효과를 볼 수 있다. 짧은 시간 운동해도 허벅지 운동이 다이어트와 건강에 훨씬 더 도움이 된다는 이야기다.

특히 대퇴사두근으로 보이는 허벅지 앞쪽 근육

이 중요하다고 한다. 여기가 약한 사람은 사소한 충격에도 무릎이 아프고, 다리 근육이 쉽게 파열되고 골다공중으로 이어진다. 보행에서도 대퇴사두근이 가장 중요한 역할을 맡고 있다고 한다. 육칠십대에도 건강하게 생활하고 싶다면 삼사십대의 허벅지 근력과 이삼십대의 골밀도 수치를 유지해야만 하는 것이다.

나이가 들면 조금만 걸어도 힘들다고 하는데, 정확히 따져서 나이 때문은 아니다. 피로는 에너지 대사율과 직결되어 있다. 에너지 대사율이란 우리 몸이 필요로 하는 에너지를 생성하거나 축적하는 능력을 말한다. 에너지 대사율이 높을수록 피로 회복이 빨라지는데, 에너지 대사율은 근육량과 비례한다. 근육이 많을수록 에너지 대사율이 높다는데 우리 몸의 가장 큰 근육이 바로 허벅지다.

당 수치가 3, 400에 달해 인슐린 주사를 맞던 사람이 허벅지 근력 운동을 시작했다. 1년이 지나고 공복 혈당이 121로 줄었다. 공복 혈당 수치에서

10퍼센트가 넘었던 당화 혈색소도 6퍼센트로 돌아왔다. 당뇨병 환자에서 정상인이 된 것이다. 자전거를 꾸준히 타면서 허벅지 근육이 증가했고, 당뇨병에서 완치되었다고 한다.

허벅지 근육이 늘어날수록 인슐린 저항성(인체에서 혈당을 쓸 수 있게끔 도와주는 인슐린 작용을 방해하는 성질)이 개선된다. 당뇨병의 최고 명약이 허벅지였던 것이다. 허벅지 근육이 늘어나면 당 대사가 활발해진다. 허벅지 근육에서 많은 양의 당을 소비해버리기 때문이다. 반대로 허벅지가 줄어들거나, 허벅지 근육 대신 지방이 늘어나면 이 지방에서 염증 세포가 만들어지고, 이 물질들로 인해 인슐린 저항성이 발생한다. 당 대사에 문제가 생기고, 심장으로 가는 혈관에 노폐물이 쌓인다. 심근경색, 뇌경색 같은 노인 심혈관 질환의 위험도가 높아지는 것은 더 말할 필요도 없다.

65세 이상 비만 환자는 고혈압과 당뇨가 없어도 근육 감소만으로 심혈관 질환이 발생할 확률이 76퍼센트나 높다고 한다. 사십대를 기점으로 허벅지 근육은 1년에 2퍼센트씩 줄어든다. 성분과 부작용이 확인되지 않은 1700만 원어치 약물을 몸에 투여하지 않아도, 넓적다리 하나만 신경 써서 관리하고 운동하면 걷다가 쓰러질 일은 없는 것이다. 우리 몸이 나의 인생을 위해 얼마나 최적화된 기관인지 다시 한 번 깨닫게 된다.

나는 지금 붉은 가을이다

 

나카다이 타츠야(仲代元久)라는 일본 배우가
있다. 1932년생으로 여전히 현역에서 자기가 맡은
역할을 소화해내는 일본의 국민 배우다. 데뷔작은
그 유명한 '7인의 사무라이'다. 이 사람의 주연작
중 '카게무샤'라는 영화가 있다. '카게무샤(影武
者)'란 직역하면 '그림자 무사'다. 중세 시대 일본
에서는 영주와 닮은 자들을 영주처럼 꾸며 전쟁터
에 내보내곤 했다. 혹은 영주가 죽은 뒤에도 위세
를 유지하고자 영주의 죽음을 숨긴 채 카게무샤에
게 영주 역할을 맡기는 일이 비일비재했다.

영화에서 나카다이는 원래 좀도둑이었는데 당시 오사카 영주이자 오다 노부나가와 일본 전토를 양분하고 있던 다케다 신켄과 닮았다는 이유만으로 카게무샤가 된 남자를 연기한다. 처음 주어진 역할은 위험한 전쟁터에서 다케다 신켄을 대신해 전선 맨 앞에 서는 것이었으나, 다케다 신켄이 암살당한 후에는 신켄의 유언에 따라 3년 간 그의 자리를 대신한다.

자리가 사람을 만든다고 다케다 신켄이 된 나카다이는 살아생전의 다케다 신켄보다 더 나은 활약을 펼친다. 태생이 고귀해서 오만방자했던 신켄과 달리 좀도둑으로 세상의 쓴맛 단맛 다 겪어본 나카다이는 전쟁에서 패배한 부하들을 격려하고, 적들에게 아량을 베풀고, 백성들에겐 인자한 영주로서 그들의 아픔과 배고픔에 눈물을 흘린다. 그럴수록 나카다이가 연기하는 다케다 신켄의 위명(威名)은 천하에 퍼져간다.

영화의 결말은 씁쓸하다. 처음에는 그저 허수아비로 세워놓았던 나카다이가 돌아가신 진짜 주군보다 더 주군다워지자 이를 못마땅하게 여긴 다케다 신켄의 장남과 가신들이 나카다이가 가짜임을 폭로해버린 것이다. 하루아침에 오사카 영주 자리에서 쫓겨난 나카다이는 다시금 뒷골목 좀도둑으로 돌아간다. 그러던 어느 날 다케다 신켄의 죽음을 확인한 오다 노부나가가 대군을 이끌고 전쟁을 일으킨다. 이 전쟁에서 신켄 진영은 대패를 거듭한다. 그 소식에 좀도둑 나카다이는 갈등한다. 비천한 좀도둑으로 얼마 남지 않은 여생을 그나마 개죽음당하지 않고 안전하게 보낼 텐가, 아니면 누구 한 사람 불러주는 이 없더라도 다케다 신켄의 갑옷을 입고 다케다 신켄의 그림자가 되어 전장에서 남자답게 생을 마감할 것인가.

영화의 마지막 장면에서 나카다이는 다케다 신켄의 생전 모습으로 혼자 말을 타고 오다 노부나가의 대군 속으로 뛰어든다. 그 표정은 비장하기가 이를 데 없다. 동시에 무엇과도 비교할 수 없을 만큼 행복과 환희가 넘친다.

인생은 카게무샤를 닮았다. 내가 사는 것 같아

도 기억되는 것은 추억이며, 때로는 내가 나의 그림자처럼 느껴지기도 한다. 분명 내가 살아가는 것임에도 돌아보면 나는 없다. 나이가 들면 더욱 그러하다. 하고 싶은 일도 없고, 할 수 있는 일도 없다. 하고 싶은 게 있어도 늦은 듯싶다. 곁에 남은 건 퇴행 변질성 질환으로 불리는 관절염과 골다공증, 치매, 알츠하이머, 노인 요양 병원이 고작이다.

세상은 분명 좋아진 것 같기는 하다. 동네마다 내과, 안과, 정형외과, 한의원이 줄을 섰다. 오메가3라느니, 비타민D라느니 별별 영양제와 치료제가 난무한다. 그럴수록 우리 삶의 고통도 늘어나는 것만 같다. 젊어서 무의미하게 보낸 세월들이 노후에 그 값을 치르러 찾아오는 메피스토펠레스처럼 느껴진다. 현실이 이와 같기에 우리는 노화를 단지 죽음으로 이어지는 앞선 단계로 받아들이게 된다.

카게무샤가 아무리 발버둥을 쳐도 진짜가 될수 없듯이 젊은 날 누렸던 잠시의 안락과 화려함은 어느새 뒤안길로 저만치 사라지고, 태생이 불량한 늙은 좀도둑 나카다이 타츠야가 되어 어느 후미진 담벼락에 기댄 채 어둔 밤을 알리는 붉은 노을을 쓸쓸히 바라보는 신세가 된 것이다.

소외감은 몸을 병들게 한다. 아픈 육신은 격리되거나 치료 대상으로 취급받는다. 아이들이, 친구들이 아프다고 말하는 나를 반가워할 리 없다. 내게 말을 타고 전쟁터로 달려가자고 권해줄 리 없다. 그렇게 변해버린 처지를 의사가 치료해줄 수 있을까. 이건 병명도 없다. 그림자가 되어버린 삶에 치료제는 없다. 육체의 모자람에서 정신이 상처받고, 상처받은 정신은 육체를 갉아먹는다. 말년의 행복 같은 건 기대할 수조차 없다.

나는 현재 저술가 겸 일본어 번역가다. 그 때문인지 가끔 사람들이 묻는다. 일본말 중에 제일 좋아하는 표현이 무엇이냐고. 나는 주저 없이 대답한다. '적추(赤秋)'라고. 말 그대로 '붉은 가을'이다. 뭐가 그리도 붉다는 걸까. 단풍일까, 아니면 석양이 잠시 머물고 떠나는 텅 빈 들판일까. 이것은 노인의 청춘을 비유하는 말이다. 물질과 출세 같은 세상 속박에서 벗어나 이제는 자기가 하고 싶은 일을 자기 마음대로 할 수 있는 자유를 얻었다는 뜻이다.

'적추'라는 말은 나보다 두 살 어린, 이제 막 팔순에 접어든 나카다이 타츠야가 인터뷰에서 즐겨 쓰는 말이기도 하다. 드라마, 영화, 연극 등 무대를 가리지 않고 맹활약할 수 있는 원동력을 가르쳐달라는 질문에 그는 자신을 가리키며 '나는 지금 적추다'라고 말했다.

노년을 앞둔 사람이라면 누구든지 공감할 만한 이야기다. 청춘(靑春)이 푸른 봄날이었다면 적추(赤秋)는 붉은 가을이다. 춘하추동 사계절에서 봄과 가을은 대칭이다. 만개할 여름을 준비하는 봄이 청춘이었다면 다시금 땅으로 돌아갈 겨울을 준비하는 시기가 가을, 곧 적추다. 겨울이 남아 있으니 아직 끝은 아니고, 게다가 결실도 있다. 풍요롭고 아름다운 단풍은 덤이다. 가을 바람이 스산하고 애잔하기는 해도 화사했던 봄날과 뜨거웠던 한 여름을 지나왔으니 좋게 보면 이 또한 휴식이 될 수 있다. 가을은 분명 차가운 계절이지만 결실로 풍요롭기도 한 계절이다. 설령 탄저병이 돌아 개털이 되었더라도 쭉정이와 죽대는 남았다. 쭉정이도 버리지 않고 땅에 버려두면 거름이 되고, 그 위에서 새 생명을 잉태한다. 최소한 허무하지는 않다.

아카데미에서 두 번이나 여우 주연상을 수상한 제인 폰다의 노년은 사회운동가로서 더 큰 명성을 떨쳤다. 그녀는 노후를 자기 자신을 되찾는 시기로 정의했다. 어린 시절과 성인으로서의 삶에 이은 인생 3막이라는 것이다. 3막의 무대 위에서 펼쳐지는 연기는 과거와의 화해다.

내가 어떻게 지금의 내가 되었는가에 대한 복기다. 필요하다면 부모님까지 거슬러 올라가야 한다. 그 사이에 수많은 사건과 추억들이 쌓여 있다. 내가 잘못했던 과거도 있고, 잘했던 일들도 있다. 그것들이 합쳐져 지금의 내가 되었다. 그러므로 지금의 나를 우습게 여겨서는 안 된다. 못한다고

말해서는 안 된다. 다 끝났다고 말해서는 더더욱
안 된다.

4.

내　　운명을

선택하니　　다시

즐거워졌다

## 남자의 캐시미어 코트

육십 다섯 나이에 처음부터 번역과 책을 쓸 기회가 주어졌던 것은 아니다. 나 같은 노인네를 얼씨구나 기다렸다는 듯이 불러주는 출판사는 없었다. 입에 풀칠은 해야겠는데 늙은 남편은 책상에 앉아서 꾸벅꾸벅 조는 게 일상이고, 보다 못한 아내는 묘막에 붙은 텃밭을 가래질해 옥수수와 감자, 고추, 배추 등을 심었다. 이거라도 팔아서 먹고살 궁리를 한 것이다.

그런데 판로가 마땅치 않았다. 우리끼리 먹는데는 지장이 없었지만 시장에서 판매하기엔 상품 가치가 떨어졌다. 이대로 놔뒀다간 뉴스에서 본 것처럼 밭을 갈아엎게 생겼다. 아내는 무슨 용기가 생겼는지 급한 대로 옥수수와 감자를 쪄다가 내가 잘나갈 때 사줬던 10년 된 자주색 세피아 트렁크에 싣고 주변 아파트 단지로 향했다. 옥수수는 세 개에 천 원, 감자는 네 개에 천 원씩 팔았다. 그러다가 야박한 경비원한테 걸려 한 소리 듣고 쫓겨온 날엔 서러움에 이불을 뒤집어쓰고 눈물을 흘렸다.

그 모습을 보고 있자니 나도 가만 있어서는 안 되겠다는 생각이 들었다. 뭘 할까 고민하던 차에 누가 초등학교 앞에서 좌판을 깔고 볼펜 장사를 해보라고 알려줬다. 그런데 하필 시기가 겨울이었다. 겨울에 입을 만한 옷이라곤 싹 다 정리해서 캐멀색 캐시미어 코트밖에 없었다. 20년 전에 130만 원을 주고 산, 여자로 치면 시베리아 밍크코트에 버금가는 남자의 로망과도 같은 귀중한 옷이었다. 망하기 전에도 정말 중요한 자리에서 뽀대 한 번 내야 할 때만 입었던 옷이라 20년 동안 몇 번 입어

보지도 않은 새 옷이나 마찬가지였다. 봄가을로 관리한다고 해마다 드라이클리닝까지 빼놓지 않았던 정말 아끼는 옷이었다. 그걸 입고 초등학교 앞에서 아이들에게 볼펜을 팔았다.

그 맞은편에서 아내는 붕어빵을 구워 팔았다. 붕어빵 '마차'는 철물점에서 빌리고 팥은 우리가 직접 심은 걸 썼다. 반죽은 5킬로 단위로 파는 게 있었다. 듣기로는 5킬로짜리 반죽 세 개가 기본이라고 했는데, 목을 잘못 잡았는지 반죽 한 통 쓰기도 버거웠다.

우리 부부가 그간 변해버린 세상 물정을 얼마나 몰랐느냐 하면 요즘 초딩들은 교문 앞을 제 발로 지나치는 법이 없다는 걸 처음 알았다. 태권도 학원, 수학 학원, 영어 학원, 논술 학원 봉고차가 운동장에서 친히 '픽업' 해주신다. 하교 시간에 까르륵거리는 아이들 목소리는 오간데 없고 봉고차 매연만 실컷 먹었다. 그나마도 하나둘씩 지나가는 녀석들은 원산지를 따졌다. 내가 팔던 볼펜은 값싼 중국제였는데 엄마가 중국제는 쓰지 말라고 했다는 것이다. 그래서 나는 40년 직장인의 노하우를 열두 살 먹은 초등학교 5학년 사내놈들에게 가르쳐줬다.

시중에서 파는 일제 볼펜은 3000원쯤 한다. 내가 팔았던 그와 비슷한 디자인의 중국제 볼펜은 800원이다. 나는 'MADE IN CHINA' 라고 적힌 스티커를 떼고 엄마한테 볼펜 샀다고 보여주면 엄마가 준 3000원 중 2200원을 너희가 먹을 수 있다고 가르쳐줬다. 그때부터 단골이 몇 녀석 생겼다.

그마저도 오래 할 일은 못 되었다. 몸은 고단하고 볼펜과 붕어빵을 팔아봐야 기름값도 안 나왔다. 기름 하니까 생각나는데 당시 내 소원은 겨울에 보일러를 실컷 틀어보는 것이었다. 주유소에서 등유를 한 드럼씩 사보는 게 소원이었다. 20리터짜리 기름 한 말로 한 달씩 버틴다는 게 지긋지긋했다. 툭하면 쌀도 떨어졌다. 오죽 안됐으면 교회에서 가래떡 2킬로그램을 먹으라고 거저 주기도 했다. 그게 우리 가족에겐 천금이었다.

다시다를 넣고 끓인 떡국으로 이틀 삼일씩 버

텄다. 그러던 어느 날 전화 한 통이 왔다. 천안에서 엘리베이터 부품 공장을 하는 집사람 친구였는데, 공장 식구들 먹일 김장을 도와달라는 것이었다. 20만 원을 주겠다는 소리에 아내는 전화를 끊자마자 세피아에 시동을 걸었다. 통장 잔고가 2만 원이었다. 그걸로 기름을 넣으면 천안까지는 내려갈 수 있었다. 거짓말처럼 집에 쌀 한 톨이 없었다. 아내가 걱정했지만 나는 염려하지 말고 다녀오라고 말했다. 6.25 때는 이보다 더한 주림도 참아냈는데, 이까짓 배고픔은 일도 아니라고 말해주었다.

그런데 저녁에 아내로부터 전화가 왔다. 공장에 딸린 식당에서 밥을 해주던 아주머니가 갑자기 일이 생겨 일주일쯤 자리를 비우게 생겼으니 이를 어쩌냐며 품삯을 넉넉히 치를 테니 일주일만 더 도와달라고 부탁했다는 것이다. 나는 걱정 말라고 대답했다. 그런데 그 뒤 일주일이 열흘로 늘어났다.

내 수중에는 비상금 5000원이 있었다. 그 돈으로 라면 다섯 개와 소주 두 병을 샀다. 라면 한 개로 하루를 버틸 작정이었다.

3일을 버텼다. 소주도, 라면도, 돈도 없었다. 나는 캐시미어 코트를 입고 읍내까지 걸어갔다. 30분 거리였다. 두 시간에 한 번씩 마을버스가 다녔지만 타지 않았다. 아니, 탈 수 없었다. 촌구석에 전당포가 있을 리 없다. 고물상 몇 군데를 돌아다녀서야 코트를 사주겠다는 인심 좋은 주인을 만나게 되었다. 그는 자신이 입겠다며 2만 원을 내 손에 쥐어주었다. 고물상 주인 남자가 하느님처럼 보였다.

나는 그 돈으로 소시지 다섯 개와 소주 세 병을 샀다. 그 이상 쓸 수가 없었다. 주머니에 단돈 만 원이라도 들어 있어야 그걸 확인하며 잠을 잘 수 있을 것 같았다. 그때는 그 돈 만 원이 나의 생명처럼 느껴졌다. 10월 말이지만 해가 떨어진 시골 길은 삭신이 얼어붙을 듯이 차디찼다.

너무 추워 걸으면서 우선 소주 한 병을 까서 마셨다. 소시지 한 개도 뜯어서 입에 넣었다. 찬 소주와 찬 소시지를 먹고 있음에도 뱃속은 용암처럼 뜨겁게 끓어올랐다. 뱃속에서 시작된 뜨거운 열기가 가슴을 지나 얼굴로, 눈가로 치밀어올랐다. 그때부터는 우느라 숱하게 헛걸음질을 했다. 길가 밭두렁에도 빠지고, 다리가 엇갈려 제 풀에 자빠질 뻔하기도 했다.

집에 도착하기 무섭게 남은 한 병을 입에 털어놓고 쓰러져 잠들었다. 다음 날 일어났는데 귀가 안 들린다. 그런데도 놀랍지가 않다. 겁도 안 난다. 비틀즈가 'Let it be' 앨범을 발표했을 때 나는 갓 마흔이었다. 취재한다고 나가서 곧장 대폿집에 들러 해장술을 걸친 후 혼자 음악 다방에 앉아 그 노래를 신청해 듣곤 했다. 렛잇비…. 될 대로 되라…. 내버려둬라….

나를 그만 내버려두고 싶었다. 어떻게 끝을 맺든 나는 혼자가 아닌가. 귀가 안 들려도 될 대로 되겠지, 먹을 게 소시지랑 소주밖에 없어도 될 대로 되겠지, 그 생각을 하며 꼼짝 안 하고 이불 속에 누워 있었다. 누워 있다가 목이 마르면 소주를 마셨고 배가 고프면 한 입씩 소시지를 베어 물었다. 텔레비전도 켜지 않고 불도 켜지 않았다. 그래도 추위는 못 견뎌서 보일러는 제때 틀었다. 눈 뜨는 것도 귀찮아 손 닿는 곳에 소주와 소시지를 두었다.

그렇게 날이 지새고, 어느 날 아침인가 비몽사몽간에 나를 흔드는 손길이 있었다. 눈을 떠보니 아내였다. 아내 얼굴을 보자 왈칵 눈물이 터졌다. 울면서 귀가 안 들린다고 말했다. 그러자 아내가 뭐라고 대꾸했는데 들리지 않았다. 놀라거나 당황하기는커녕 시커먼 비닐 봉투 하나를 내 눈앞에서 시계추처럼 흔들어댔다. 비닐 봉투에서 삶은 돼지고기 냄새가 났다. 훗날 아내 증언에 따르면 이거 먹으면 잘 들릴 테니까 걱정하지 말라고 했다는 것이다.

아내는 서둘러 밥상을 차렸다. 공장 아저씨들 끓여주고 남은 갈비를 가져와서 탕국도 끓이고, 김장 중에 짬을 내서 따로 보쌈김치를 챙겨 내가 좋아하는 새우젓과 굴도 듬뿍 넣어왔다. 오는 길에 10킬로짜리 햅쌀도 사왔다. 그걸로 따끈한 흰밥을 지어주었다. 얼마 만에 먹는 쌀밥이었는지 모른다. 돈도 열흘치 일당 50만 원을 받아왔다. 며칠 밥을 먹고 고기를 먹고 따뜻한 국을 먹으니 언제 그랬냐는 듯이 귀가 들린다. 나중에 의사에게 물었더니 영양실조였다고 한다. 내 나이에 영양실조는 말기 암보다 무섭다면서 다시는 그런 일 없도록 하라고 경고한다.

아내가 벌어온 50만 원과 보쌈과 갈비탕이 나를 다시 태어나게 해주었다. 며칠 후 서울의 어느 출판사에서 연락이 왔다. 내가 보낸 원고가 마음에 든다면서 계약하자는 것이었다. 원고 보내고 근 한 달이 지나서였다. 서울까지 나가 계약서를 썼다. 그 자리에서 내가 형편 얘기를 하자 선뜻 계약금으로 현찰 150만 원을 주는 것이었다. 그날 내 평생 처음으로 공짜술을 마다했다. 일식집에서 저녁 대접을 하겠다는 사장님 말씀을 물리친 것이다. 술에 취했다가 까딱 아리랑치기라도 당하는 날엔 억울해서 죽을 것만 같았다. 현금 150만 원을 가슴에 담고 아내가 기다리는 집으로 돌아오는 길이 구름 위를 걷는 듯했다. 전철을 탔는데, 미안한

애기지만 전철에 탄 모든 승객들이 도둑놈으로 보였다.

그날 이후 우리 집에는 쌀이 떨어지지 않았다. 남에게 구걸하지도 않았다. 없어도 있는 척, 거짓말하지 않게 되었다. 그날 이후 이상하게 일이 잘 풀려 일거리가 떨어지지 않고 들어왔다. 형편이 조금씩 나아졌고, 나는 칠십이 넘어 철이 들고, 세상은 다시 살아볼 만한 곳이 되었다. 평생토록 내입만, 나 하나만 먹고 마시는 게 유일한 삶의 기쁨이었던 내가 아내를, 아들을, 가족을, 우리를 생각하는 사람으로 다시 태어나게 된 것이다.

지금의 나는 어머니가 둘이다. 한 분은 내게 몸을 주시고 돌아가신 어머니, 또 한 사람은 내게 영혼이라는 것을 준 아내다. 엄마 배 속에서 몸은 열달 만에 완성되었으나, 영혼이 완성되기까지 아내는 40년 넘게 나를 가슴에 품고 살아야 했다. 나는 그 시간을 보상해주기 위해서라도 95세까지 일해야 한다.

## 달과 6펜스

서머셋 모옴의 《달과 6펜스》라는 소설이 있다. 중고등학교 시절 그저 제목이 마음에 와닿아서 펼쳐봤던 기억이 난다. 달에서 전해지는 왠지 모를 숭고함과 6펜스라는 지극히 세속적인 가치관을 비교하는 제목이 머잖아 내 앞에 펼쳐질 이상과 현실의 괴리를 예언하는 것 같았다. 6펜스가 아닌 달을 품고 살아가겠다는 다짐처럼 나는 이 책을 늘 가방에 넣고 나녔다. 내가 마치 철학자나 예술가라도 된 것 같은 우쭐함에 기고만장했었다.

6펜스는 영국의 화폐다. 1파운드가 100펜스라

고 하니 요즘 환율로 따지면 100원 정도다. 우리말로 바꾸면 '달과 100원'인 셈이다. 작가는 인생에서 달을 추구하며 살아갈 것인가, 아니면 눈앞의 100원을 줍는 데 급급할 것인가, 라고 작품을 통해 묻는다.

소설의 주인공은 찰스 스트릭랜드라는 처자식 딸린 40대 중반의 성공한 펀드 매니저다. 펀드 매니저로 성공한 그의 생활은 상당히 부유했다. 서머셋 모음의 작중 표현을 빌리자면 "돈은 많지만 선량하고 따분하고 정직해서" 재미없는 평범한 가장이었다. 그런 남자가 어느 날 집을 나간다. 사람들은 바람난 게 틀림없다고 믿었지만, 알고 보니 화가가 되기 위해서였다. 마흔 일곱의 적잖은 나이에 매달 큰돈을 벌어들일 수 있는 안정된 직장을 버리고 화가가 되고 싶다며 처자식을 버린 남자에게 세상 사람들은 기껏해야 삼류 화가밖에 될 수 없을 거라며 집으로 돌아오라고 다그쳤다. 그러나 스트릭랜드는 "물에 빠진 사람에게 헤엄을 칠 줄 아느냐는 중요하지 않소. 일단은 팔을 허우적거려 물 밖으로 나오는 게 중요하지. 그렇지 않으면 빠져 죽는단 말이오."라고 자신의 처지를 정의하고는 화가의 길을 멈추지 않았다.

남들은 안정된 궤도에 진입하여 정착의 꿈을 실현시키는 마흔 일곱 살에 주머니 속의 6펜스를 땅바닥에 내동댕이치고 달을 좇아 화가의 길을 떠난 스트릭랜드는 자신의 선택을 이해해주고 궁핍과 질병에서 구원해준 친구 더크의 아내와 불륜을 저지른다. 그녀를 모델로 그림을 완성하고는 미련 없이 떠나버렸고, 이에 충격을 받은 더크의 아내가 자살을 하는 등 가는 곳마다 사건과 사고를 일으키며 달에 농락당한 원시인의 야만성으로 회귀해간다. 오랜 방랑 끝에 타히티 섬에 정착한 스트릭랜드는 그곳 원주민 여자와 동거하며 두 아이를 낳고 원 없이 본능을 분출하며 숱한 걸작을 남기지만, 문둥병에 걸려 온몸이 썩어가는 고통을 겪게 된다. 마지막으로 시력을 잃기 직전에 그는 살던 집 벽에 최후의 대작이라고 할 수 있는 벽화를 마무리 짓는다. 그리고 유언으로 자기 몸과 함께 벽화가 그려진 집을 화장해달라고 부탁한다. 《달과 6펜스》는 세상을 떠난 스트릭랜드가 벽화와 함께 재가 되는 장면으로 끝을 맺는다.

찰스 스트릭랜드의 실제 모델은 프랑스의 후기 인상파 화가인 폴 고갱이다. 고갱도 서른 살이 넘어서 그림을 시작했고, 그 전까지 증권거래소에서 근무하며 다섯 아이를 둔 아버지로서 충실한 삶을 살고 있었다. 그러나 프랑스 주식 시장의 붕괴를 계기로 물질 문명의 유약함과 산업 사회의 한계에 실망한 고갱은 기존의 삶을 버리고 그림에 투신한다. 실제로 고갱은 타히티에서 말년을 보내다가 그곳에서 숨을 거뒀는데, 소설과 달리 사인은 심장마비였다.

찰스 스트릭랜드는 소설이기에 가능한지 몰라도, 폴 고갱 같은 인물은 20세기 회화의 근간이라고 할 수 있는 비(非)자연주의를 개척한 선구자였다. 결코 평범하지 않다.

하지만 찰스 스트릭랜드도, 폴 고갱도, 우리도 행복한 삶을 추구한다는 점에서 동일하다. 모든 인간은 자신의 행복을 위해 살아가야 한다. 그것이 마땅하지만 현실은 꼭 그렇지만은 않다. 나의 행복보다는 하루의 안락을 위해, 안도를 위해, 안전을 위해 타협하고 양보하는 것으로 그치지 않고 때로는 '나'를 포기하기도 한다. 그 이유가 결혼 때문이든, 자녀 때문이든, 타고난 재능이 부족해서든, 입에 풀칠을 하기 위해서든 간에 우리는 지금까지 살아오면서 포기한 일들이 한두 가지씩은 꼭 있다.

찰스 스트릭랜드도 포기하며 살았을 것이고, 폴 고갱도 포기하며 살았을 것이다. 우리 또한 포기하며 살아왔다. 그런데 찰스 스트릭랜드는 찾아냈고, 폴 고갱도 결국에는 찾아냈다. 남은 것은 우리들이다. 찾아내려고 시도조차 해본 적이 없다. 늘 마음 한구석에 미련이 남고, 궁금하고, 흥분되는 뭔가가 있었지만, 바쁘니까, 누가 있으니까, 그리고 이제는 늙었으니까 나는 안 된다고 말한다. 안 되겠다고 생각한다. 부정해온 만큼, 핑계를 찾아낸 만큼, 게으름을 피운 만큼, 빈둥거리며 가는 시간만 재고 앉았던 수고만큼 자기 자신에 대해 긍정하고, 할 수 있다고 자신하고, 서두르고, 뭔가를 붙들려고 노력한 시간들이 쌓였더라면 지금과 같은 후회스런 모습은 결단코 되지 않았으리라.

2년에 한 번씩 무료로 일반 건강 검진을 받는다. 검진 항목은 계측 검사로 비만, 시각, 청각, 고혈압 측정이 있고, 요검사로 신장 질환 유무를 확인한다. 혈액 검사로는 빈혈, 당뇨, 고혈압, 이상지질혈증, 동맥경화, 간장 질환의 위험이 있는지를 판단한다. 끝으로 영상 검사에서 폐결핵과 유방암 같은 흉부 질환을 확인하는데, 아무래도 나이가 나이인지라 한두 가지씩 이상 소견이 나타날 수밖에 없다. 콜레스테롤 수치도 높고, 혈당도 높다. 간수치도 높다. 요산도 높다…. 이런 식으로 계량화된 수치를 통해 나의 노화 진행 정도가 공표되는 것이다.

검진표를 보고 있노라면 2년마다 내 몸이 점점 더 죽음과 가까워지고 있음이 가슴에 와닿는다.

몸의 기능이 쇠퇴하여 멈춰버리는 순간을 향해 나아가고 있음을 깨닫게 된다. 칼슘이 빠져나간 골밀도는 두 번 다시 예전처럼 단단해지지 않을 것이다. 허구한 날 회식에, 잦은 음주에 지쳐 경화되기 시작한 간은 자칫 아들의 간을 이식받아야만 하는 상태가 될지도 모른다. 열다섯부터 엄마 몰래 영어 사전을 외우고 한 장씩 찢어 담뱃잎을 말아 피웠던 흡연은 예순여섯까지 매일같이 꼬박 두 갑씩 피웠다. 담배 두 갑에 40개비, 곱하기 1년 365일은 1만 4600개비, 열 다섯 살부터 담배를 입에 물었다는 계산하에 반세기 동안 내 입에서 담배 연기가 뿜어져나갔다. 나는 무려 73만 개의 담배를 피웠다. 노인 사망률 1위가 폐질환이라는 것을 염두에 뒀을 때 나 같은 전직 흡연자는 더욱 치열하게 죽음을 향해, 그 전에 신체 발병을 향해 내달린 셈이다.

인간의 몸은 약하고 부질없다. 어디 한군데 이상이 생기면 평생토록 아픈 부위를 안고 살아가야 한다. 고혈압 처방제로 가장 유명한 제품은 노바

스크다. 나도 이 약을 먹는다. 마흔 살이든, 환갑이든 한 번 복용하기 시작하면 평생토록 매일같이 먹어야 한다.

인간의 몸은 좋은 상태를 오랫동안 유지하지 못하는 특성을 타고났다. 신체 능력이 절정에 달하는 20대에서 30대 초반은 기껏해야 10년 남짓이다. 심장이 두 개라는 칭송을 받을 만큼 잘 뛰어다니던 박지성도 갓 서른 초반의 젊은 나이에 은퇴하였다. 이것이 몸의 한계다.

우리 삶이 이토록 각박해지는 원인도 따지고 보면 신체 나이에 지나치게 의존한 탓이다. 10대 시절에 학업을 완수하지 못하면 20대엔 기회가 없다. 20대 무렵에 제때 직장을 찾고 자기 분야를 찾아 매진하지 못하면 30대, 40대, 나아가 그 이후의 삶이 크게 위협받는다. 마흔 살이 되기 전에 결혼해야 하고, 더 늦기 전에 애를 낳아야 한다. 몸을 움직여 돈을 벌 수 있을 때 벌어둬야지만 그 비싼 등록금 내가며 아이들을 대학에 입학시켜놓고 한 시름 놓을 수가 있다.

5, 60대가 되면 인생을 변화시키고 발전시킬 기회는 사실상 종결이다. 사회적인 기회가 없다는 것은 핑계다. 내 몸이 예전 같지 않다는 데서 우리는 자신감을 상실한다. 나에 대한 신뢰를 빼앗긴다. 그래서 함부로 도전하지 못하고, 마음이 쏠리는 일을 만나도 함부로 나서지 못한다. 내 몸에 자신이 없기 때문에 나의 삶에 대한 발언권이 극도로 축소되는 비굴함에 길들여진다.

이런 우리들에게도 마지막으로 한 번 더 기회가 주어진다. 남은 인생을 걸고 성공을 꿈꿔볼 수 있는 종목이 남아 있다는 말이다. 나이 든 자들만 해당된다는 조건은 아니다. 젊은 사람들도 얼마든지 도전해볼 수 있다. 나이가 적은 만큼 더 많은 시간적 여유와 공백이 있으므로 늦게 시작한 나보다 성공할 가능성이 더욱 높다. 종목은 별 것 아니다. '정신적인 생활에서 기쁨을 찾는 것'이다.

50대, 60대, 70대에 올림픽에 나가서 레슬링 금메달을 딸 수 있을까? 없다. 50대, 60대, 70대에 막노동부터 시작해서 주경야독으로 건설 기사 자격

증을 따내고, 마침내 건설 회사 사장이 되어 빌딩을 짓고, 댐을 짓는 건설가의 꿈을 이룰 수 있을까? 힘들다. 그렇다면 50대, 60대, 70대에 대학수학능력시험에서 만점을 받는 건 어떨까? 몇 년을 노력해야 될지는 모르지만 가능성이 아주 없는 것은 아니다. 그렇다면 50대, 60대, 70대부터 책을 읽고, 공부하고, 지식과 정보를 습득해 교양을 쌓고, 보다 성숙한 시각으로 나와 내 가족과 내가 살아가는 세상을 바라보며, 인생의 참의미를 고뇌하고, 내적으로 충만한, 행복한 삶을 달성한 후 이 세상과 당당하게 작별하는 죽음을 꿈꿔보는 것은 어떨까? 생각이 바뀌고, 행동이 바뀌고, 습관이 바뀌고, 인격이 바뀌고, 생활이 바뀌는 기회를 통해 얼마든지 이뤄낼 수 있다. 여든 살이든, 아흔 살이든, 100살이든 살아만 있다면 나이에 상관없이 도전해볼 수 있는 기회. 불공평한 인생이 마지막으로 선사하는 평등한 기회다.

칠순 나이에 시작해서 건설 회사 회장이 되고 강남에 1200세대 아파트를 짓고 두바이에 댐을 만

들기는 어려울지 모른다. 환갑에 수능 만점을 받고 서울대 의대에 수석으로 합격할 가능성도 매우 낮다.

하지만 칸트를 읽고, 사서삼경을 읽고, 성경을 읽고, 가족에게 들려주고 싶은 이야기, 내가 살아온 이야기, 세상에 해주고 싶은 이야기를 글로 쓰는 등의 지적으로 충만한, 내적으로 행복한, 인간적으로 자랑스러운 노년의 지성미 넘치는 최후의 마무리는 누구든지 가능하다. 이것이 고령화의 단계를 거쳐야만 하는 우리에겐 어쩌면 마지막일 수도 있는 기회다. 그리고 이 기회는 오직 나이가 들었기 때문에, 할아버지로 불리게 되었기 때문에, 자녀들이 가정을 이뤘기 때문에 더 이상 의무와 책임이라는 굴레에 연연하지 않고, 생애 처음으로 오직 나 한 사람만을 위해 선택할 수 있다.

나는 끝났다, 나는 버림받았다, 나는 늙었다, 나는 병들었다, 나는 환영받지 못한다, 라고 낙담하고 진저리치고 눈물이 나려고 할 때 비로소 우리 눈에 보이기 시작하는 새로운 도전이다. 그래서 놓칠 수 없고, 때로는 20대 청춘의 열정보다 더 뜨겁게 가슴을 흥분시킨다.

구두 밑창이 떨어질 때까지 질주했던 우리의 과거를 불쌍히 여겨서라도 내 인생, 늘그막에 100원짜리 동전 한 닢과 바꾸고 싶지는 않다.

## 내가 가고 싶은 길을 걷는다

　내 전직(前職)은 저널리스트다. 30년 넘게 신문 기자로 사건을 좇아다녔다. 사건이란 결국 사람과 세상의 충돌이다. 나는 충돌이 일어나는 자리의 목격자가 되고 싶었다. 그래서 기자가 됐다. 헌데 살다보니 내 안의 충돌, 내 안에서 일어나는 폭발에는 미처 신경 쓰지 못했다는 자각이 들었다. 정신이 퍼뜩 났다. 육십이 훌쩍 넘은 나이에 정신을 차린 것이다. 그때부터 나는 글을 쓰고, 내가 좋아하는 작가들의 책을 번역하고, 내 손을 타고 넘어 글이 된 문장대로 살려고 노력했다.

내가 계획을 가지고 시도한 일은 아니었다. 돌이켜 생각해보니 내 마음대로 철없이 살다가 폭삭 망해버려 늘그막에 먹고살 도리가 없어 밑천 빠진 재주 하나 믿고 달리는 만용 같은 것이었다. 그래도 이렇게 책으로나마 나의 이야기를 쓰고, 사람들이 읽어주는 것을 부끄럽게 여기지 않는 까닭은 그날의 내가 가상해서다.

일제 시대에 태어나 일어를 할 줄 아니 번역을 할 수 있을 테고, 30년 넘게 기자로 글밥을 먹어왔으니 남들보다 글 한 자는 더 쓸 수 있으리라는 자신감을 갖고 전화기를 들어 일면식조차 없는 출판사에 무턱대고 전화를 걸어 사장을 바꾸라 하고 내가 이런 사람이며, 내가 이런 책을 알고 있는데 같이 일해볼 수 있겠느냐고 덤벼든 것이다.

내 나이를 묻고 거절당하기가 부지기수였지만 나는 포기하지 않았다. 내가 아직 할 수 있다 믿었고, 내 몸이 버텨주리라, 아니 버텨내야 한다고 믿었기 때문이다.

내 인생 최초로 겪게 된 세상과 나의 충돌이었

다. 남들이 은퇴하고 쉬어야겠다고 말할 때 나는
마침내 내가 하고 싶었던 글 쓰는 직업을 갖게 되
었고, 칠십이 넘은 나이에 난생 처음 내 이름이 새
겨진 책을 세상에 내놓았다. 장성한 자식들 도움
받아가며 손주새끼들 기저귀 갈아주고 울음 달래
주는 것으로 내 친구들이 지쳐갈 때 나는 펄펄한
젊은 번역가들에게 밀리지 않으려고 국내에 아직
소개되지 않은 보물 같은 외국 작가를 발굴하기
위해 전념하는 한편, 워드프로세서도 배웠다.

　이 모든 도전과 시도는 나 자신을 위함인 동시
에 '당신, 이제 끝났어, 도대체 나이가 몇이야?'라
며 깔보고 짓밟으려는 세상과의 투쟁이었다. 당신
은 이제 늙었으니까 젊은 사람들에게 기회를 줘야
한다, 늙었으니까 예전만 못할 것이다, 늙었으니
까 꿈이 없을 것이다…라고 말하는 세상의 음성은
내 귀에 나이 든 자에 대한 선입견으로밖에 들리
지 않았다. 내 나이가 올해로 만 여든 넷이다. 운
이 좋아서 육십이 조금 넘은 나이까지 월급쟁이로
빌붙을 수 있었다. 그 후로 20여 년, 나는 고령화

로 접어드는 한국 사회와 맹렬한 싸움을 거듭했다. 저널리스트 동기였던 친구들은 진지한 표정으로 이렇게 말했다.

"김형, 언제까지 지금처럼 살 거요? 이젠 그만 쉬어요. 한국에선 그렇게 혼자 설쳐대는 게 아니에요."

그들은 몇 번이고 나를 위해 충고를 아끼지 않았다. 그때마다 나의 대답은 한결같았다.

"내가 서 있을 자리가 없어질 때까지, 그때까지 나는 갑니다."

그 결심은 지금도 변함이 없다. 나는 계속 앞으로 걸어간다. 끝까지 위험한 길을 고집할 것이다. 그러다 죽으면 그만이라는 생각으로 살아왔다. 친구들의 충고대로 어디를 가나 이단자 취급을 받고 따돌림도 당했다. 하지만 내겐 그것이 삶의 보람이다. 사람들이 내게 베풀어주는 비극에 피를 흘리면서도 싱긋 웃어버릴 수 있다는 것, 누가 뭐라고 하든 내가 가고 싶은 길을 걷고 있다는 것, 그것이 나의 자랑이다.

그래서일까. 외부에서 바라본 나는 혼자 잘난 척하는 도도한 녀석으로 보이는 모양이다. 하지만 그들이 보지 못하는 곳에서 나의 투쟁은 절망적이다. '어렵다, 힘들다' 라는 말로 설명될 수 있는 노력과 인내 정도가 아니다. 그러나 나는 멈추지도 않고 포기하지도 않는다.

당연히 두려울 때도 있다. 그때마다 새롭게 결심한다. 좋아, 세상에서 가장 못된 늙은 놈이 돼보자. 그러면 힘이 솟는다.

내 손으로 먹을 것을 구하지 못하게 되어 먹을 게 없어진다면 그 즉시 먹지 않겠다고 각오하는 것이다. '나' 답게 살아가는 첫걸음이다. 이보다 더 재미난 인생은 없다.

그런데 사람들은 해보지도 않고 못하겠다며 물러난다. 여든이 넘은 늙은이도 해내는 판에 나보다 훨씬 어린 것들이, 건장한 것들이, 힘이 있는 것들이, 능력이 있는 것들이 못하겠다며 우는 소리를 해댄다.

나도 속으로는 후회 막급이다. 나야 늙어서도

먹고 놀 수 있을 만큼 벌어둔 것이 없으므로 먹고 살기 위해 이런 일을 하고 있다지만 다른 누군가는 나처럼 살지 않고도 자신이 원하는 대로 살고 있을 거라는 생각이 들 때면 폐부가 찢어지는 듯한 투기(妬忌)가 치민다. 아마도 나처럼 남들이 보지 않는 곳에서 마음의 충동과 미혹을 숨기고 있는 사람들이 절대 다수일 것이다.

그 충동과 후회를 못 견디겠다면 나이 들어가는 내 몸뚱이에 자신이 없더라도 마음이 원하는 진짜 삶을 선택해야 한다. 어느 방향을 바라봤을 때 가슴이 더 뜨거워지는가. 나를 뜨겁게 만드는 그 방향으로 움직이기만 하면 된다.

그 길은 위험할 것이다. 다 된 밥에 재 뿌린다고 지금껏 남들만큼 잘 살아왔는데, 이 나이 먹고 그런 짓을 왜 할까, 지금까지 쌓아온 평온한 일상이 무너지는 건 아닐까, 이대로 파멸하는 건 아닐까. 그러니 가지 말자, 그냥 여기 남자, 라는 또 다른 모습의 정열이 나의 걸음을 멈추게 할 수도 있다.

솔직하게 고민해보기를 권한다. 대체 인생에서

이것이냐, 저것이냐, 라는 선택의 갈림길이 왜 생기는 걸까. 왜 한 길로 가지 못하고 방황하게 되는 걸까. 그 일을 했다가는 먹고살 길이 막막해서다. 그래서 많은 사람들이 원치 않는 길을, 직업을, 생활을 선택한다. 일정 기간의 안정된 생활이 보장되어 있기 때문이다. 인간이 먹고사는 문제만을 고민하는 존재였다면 이렇듯 방황할 필요가 없다.

하지만 인간은 그런 존재가 아니다. 그래서 방황한다. 그 길은 분명히 위험하다. 그런데 가고 싶다. 정말 가고 싶은 길이다. 그렇다면 가는 수밖에 없다. 나를 예로 들자면 이것이냐, 저것이냐의 선택이 주어졌을 때 이왕이면 내 인생에 마이너스가 되는, 다시 말해 위험이 가중되는 길을 택했다. 이를테면 동네 마실 나가는 것도 다리에 힘이 부치면 자리에 누워 쉬는 대신 헬스장을 찾아 운동을 한다. 선생님 연세에 벅차실 텐데, 라는 편집자의 근심 어린 충고에 자극 받아 원고지 2000장이 넘는 추리 소설을 한 달 안에 번역해 보이겠다고 큰소리를 탕탕 친다. 위염이 생겼으니 당분간 약주는 금하라는 의사 말에 그날 저녁 고기를 구워 보드카를 마신다. 요는 정신력이다. 인간의 정신력은 위기의 순간에 발휘된다. 소방관도 엄두 내지 못하는 불길 속으로 엄마는 자기 아이를 구하기 위해 뛰어든다. 그리고 무사히 구해낸다. 주위 상황이 위험해질수록 인간은 그에 적응하고자 강해지는 길을 택하는 것이다.

지금 하고 있는 일을 때려치우고 싶지만 달리할 일이 없어서 고민하는 사람들이 많은 줄로 안다. 나를 위해 뭔가 다른 일을 해보고 싶지만 그 일은 미지의 길이며, 위험하기 때문에, 더는 청년이 아니기 때문에 두 번 다시 도전하기를 꺼리며 주저하는 세월들이 쌓인다. 그렇게 고민하는 동안 시간은 점점 더 줄어든다.

우리 모두가 많든 적든 이런 고민을 안고 있을 것이다. 내심 다른 회사, 혹은 다른 업종에서 일해보고 싶다는 희망이 있지만 선뜻 결심하지 못했다. 이 때문에 어쩔 수 없이 현재 생활을 인내하고 있는 사람들이 얼마나 많은지 모른다. 그 인내가 은퇴 후에도 지속된다면 도대체 나는 누구를 위해, 무엇을 위해 한평생 살다가 떠난단 말인가.

내가 입버릇처럼 하는 말이지만 혼자 고민해봐야 소용없다. 발전이 없는 고민은 다람쥐 쳇바퀴 돌듯 끝나버린다. 결단해야 한다.

그렇게 하면 나의 미래는 어떻게 되는 것인가, 라고 고민할 바에야 일단 저질러놓고 이제 뭘 해야 되나, 고민하는 것이다. 어쨌든 나의 의지가 관철되었으므로 후자의 고민이 훨씬 생산적이다.

결과를 겁낼 필요는 없다. 상황이 악화되면 악화될수록 재미있게 되었다고 기대해본다. 운명은 언제나 자신의 생명을 내던진 자에게 문을 열어주는 법이다.

이 세상에 나라는 사람을 통과시키고 싶다면 몸을 던져 세상과 부딪쳐보는 길밖에 없다. 먼저 몸으로, 다음으로 마음을 밀고 나간다.

부딪쳐보기도 전에 나는 분명히 실패할 거야, 라고 혼자 결정하고 혼자 체념하고 혼자 실망하는 건 너무나 어리석은 짓이다. 인생이란 원래 벼랑

끝이다. 누군가에게 떠밀려 벼랑으로 떨어지느니 내 발로 뛰어내려 운명을 개척하는 편이 최소한 후회는 남지 않는다.

부딪쳐보기도 전에 단념해버렸다면 이미 누군 가에게 등을 떠밀려 벼랑으로 떨어졌다는 뜻이다. 내 안에 내가 남아 있지 않다는 증거일 뿐이다.

벽을 깨고 다시 한 번 세상과 충돌해보자. 야구 명언 중에 '끝나기 전에는 끝난 게 아니다' 라는 말이 있다. 인생과의 싸움은 끝이 없다. 그리고 패 자도 없다. 내가 인생을 이겨버린다면 나는 승리 자가 된다. 내가 인생에게 패한다면 승리자는 나 의 인생이 된다. 손해 볼 것 없는 이 싸움에서 꼬 랑지를 말고 도망쳐 숨는다는 것은 말이 되지 않 는다.

## 다시 걷기 위해 외발로 묶는 구두끈

　1년에 한 번씩 '중우회(中友會)'라는 모임에 참석한다. 내 나이가 되면 무슨무슨 이름이 달린 모임에 소속되기가 쉽지 않다. 동창회도 생사불명이고, 군대 동기들은 전쟁통에 거의 다 죽어나갔고, 옛 동료들 사우회도 내가 회사를 떠날 때 막 신병으로 들어온 몇 십 년 어린 후배들이 지금은 나이 지긋한 모습으로 회장을 맡고 있다. 같이 어울리고 싶어도 괜히 상늙은이가 끼어들어 중늙은이들이 주눅드는 건 아닌가, 하고 지레 부담을 느낀다. 그래서 중우회 모임도 연례 행사는 아니고 그냥 생각날 때 이따금씩 찾는다.

중우회는 중앙일보 전직 지방 주재 기자들의 모임이다. 본사 출신은 오랫동안 데스크를 본 나 하나다. 그래도 한때 상관이었다고 모임에 찾아가면 상석에 앉혀놓고 돌아가며 술도 따라준다. 그런데 정작 본인들은 내가 주는 술잔을 피한다. 간이 어떻다, 신장 수술을 받았다, 혈관에 뭐가 쌓여서 머리 뚜껑을 열 뻔했다…. 모두들 죽는 소리밖에 할 말이 없는 사람들 같다. 그런데도 나는 이 친구 저 친구 돌아가며 따라주는 술잔을 사양 않고 낼름낼름 받아 잘도 마신다. 그런 내 모습이 부럽게만 보이는 표정들이다. 나보다 한참 어린 사람들이 퇴직 후 여지껏 제대로 자리를 못 잡고 어물어물 지내고 있는 게 눈에 띄는 것이 보기에 딱해 죽겠는데, 한때 이틀 밤을 꼬박 새며 술잔을 기울였던 벗들이 주독이 오른 듯 술 마시지 않아도 벌개지는 두 뺨과 가판대에 널브러진 초점 없는 오징어 같은 눈빛으로 나를 바라보는 게 처량 맞아 보여 집이 멀다는 핑계를 대고 일찍 일어나

곤 한다.

나이 먹고 제일 짜증나는 건 명색이 윗사람이라고 이런 자리에서 먼저 일어났을 때 우르르 따라 일어서는 것이다. 노인네 잘 들어가시라고 배웅해주는 것은 고마우나 비틀대지 않고 신발 잘 챙겨 신고, 허리 꼿꼿하게 세우고 당당하게 술집 문을 나서야만 내가 떠난 자리에 뒷말이 남지 않는다. 여기서 잠깐 주춤거리거나 신발을 빨리 못 신거나 문 앞에서 비틀댔다가는 저 형님도 오래 못 가겠다는 뒷담화가 다음 안주 거리로 상에 오른다. 나는 그게 싫어서 벗어놓은 구두를 신을 때부터 야코를 콱 죽여놓을 심산으로 외발로 구두끈을 묶는다.

외발로 구두끈을 묶는다는 건 쭈그리고 앉아서 끈을 묶지 않고 꼿꼿하게 선 채로 한 다리씩 가슴팍까지 올려 끈을 묶는 기술이다. 술이 거나하게 취한 상태에서도 벽이나 기둥에 등을 기대지 않고 묶어야 폼이 난다. 쉬워 보여도 쉬운 기술이 아니다. 중심 잡기가 여간 어려운 게 아니다. 내가 이

기술을 처음 배운 때가 1960년대 중반이었다. 내게 이 기술을 전수한 사부님은 고(故) 이병철 회장님이었다.

계기는 이렇다. 전날 퇴근 직후부터 아침 출근 직전까지 꼬박 술을 퍼마시고 잠 한숨 못 잔 상태로 출근했더니 사람 정신이 말이 아니었다. 술이라도 깰 겸 옥상에 올라가 아직은 들이켤 만했던 서울의 공기를 심호흡하고 엘리베이터 대신 비상구로 내려가다가 초로의 노인과 마주쳤다. 은테 안경을 쓴 작달 만한 60대 후반의 할아버지였다. 바짝 마른 몸에 양복을 가지런히 입고 있었는데 서커스에 나오는 푸들이 공 위에서 두 발로 중심을 잡듯 한 다리로 버티고 서서는 힘들게 구두끈을 묶으려는 게 보였다.

인기척을 느낀 노인이 고개를 들었다. 순간 나와 눈이 마주쳤다. 그 틈에 중심을 잃고 비틀거리며 계단으로 떨어질 뻔했다. 놀라서 달려갔더니 여전히 한 다리로 낑낑 깨금발질을 하며 손을 내젓는다. 도와주지 않아도 되니 저리 가라는 것이다. 자그마한 늙은이가 목소리는 꽤 카랑카랑하다 싶었다. 어찌 하나 보려고 계단 난간에 기대어 지켜봤다.

노인은 내가 쳐다보는 걸 알고는 씩 웃더니 능숙하게 외발로 구두끈을 묶었다. 한쪽 발씩 차례로 구두끈을 꽉 조여 매고는 양복 윗도리를 손으로 탁탁 털어 주름을 펴고 또 한 번 나를 쳐다보며 씩 웃는다. 그제야 나는 정신이 번쩍 들어 노인 앞으로 쏜살같이 뛰어내려가 90도로 허리를 굽혀 인사했다. 뒷목에서 식은땀이 났다. 이 노인네가 다름 아닌 이병철 회장, 즉 우리 오야붕이었던 것이다.

그때 나는 최신 유행하는 몽크 스트랩, 일명 '끈 없는 구두'를 종로에서 맞춰 신고 있었다. 노인은 슬쩍 내 구두를 쳐다보고는 "어서 근무하노?" 하고 물었다. 나는 떨리는 목소리로 "사회부입니다."라고 답했다. 노인은 고개를 몇 번 끄덕이고는 "고마 나가자." 하고 비상문을 열고 복도로 나갔다. 복도에는 우리 두 사람뿐이었다.

"니 어디 가서 말하지 말래이."

노인은 또 웃으며 말했다.

"무슨 말씀이십니까?"

예나 지금이나 나는 눈치가 없다.

"신발 끈 묶다가 구를 뻔했다아이가."

"염려 마십시오. 근데 연세도 있으신데 조심하셔야죠."

지금의 내가 가장 듣기 싫어하는 말을 50년 전의 그분에게 거리낌없이 했다는 게 두고두고 미안하다.

"남자가 신발 끈 묶을 때 허리 숙이는 거 아이다."

"……."

"보기 안 좋다 안 카나."

비상 계단에는 그와 나뿐이었다. 원래는 그분 혼자였다. 그런데 누구한테 보기 안 좋다는 것일까. 그때의 나는 저 정도 지위에 있는 사람은 신발 끈도 제 마음대로 편하게 못 묶고 살아야 되나, 라는 약간은 어이없어하는 마음이 있었다. 그럼에도

'허리 숙이는 거 아니다' 라는 말이 멋있게 들려 바로 다음날부터 끈 있는 구두를 신고 다니며 집에 혼자 있을 때도 외발로 앙감질을 동동 하며 끈 묶는 연습을 반복했다.

이제와 새삼 그때 일을 생각해본다. 깨달아지는 바가 있다. 나이가 들수록 사람은 자기 자신 앞에서 추레해짐을 느낀다. 젊어서는 타인의 눈을 의식했지만, 늙어갈수록 내 눈치를 보게 된다. 다른 사람 시선에 그만큼 적응이 되었다는 뜻이기도 하고, 삶의 경험이 축적되면서 정작 중요한 건 바깥의 평가가 아닌 나 스스로 내 눈앞에서 당당해져야 한다는 것을 깨닫게 된 것이다.

구두끈을 묶는다는 것은 일어나 두 발로 걸어가기 전의 준비 동작이다. 그 시작부터 편의를 위해 무릎을 꿇거나 어딘가에 엉덩이를 붙이지 않겠다는 각오다. 누가 보든 보지 않든, 아니 아무도 쳐다봐주지 않는 나 혼자만의 공간에서조차 타협하지 않겠다는 자기 절제다. 소위 말하는 '후까시' 가 아니다.

돌이켜보면 그 시절 이병철 회장은 폐암을 앓고 있었다. 요즘이야 암도 별것 아닌 듯 말하지만, 60년대엔 암이라고 하면 억만금을 주고도 살아날 가망이 없는 불치병이었다. 그 병을 몸에 지니고도 노인은 십수 년을 더 살아가며 악착같이 일했다. 누군가에겐 돈독 오른 늙은이, 자본주의의 폐해, 독재 정권에 빌붙어 부정축재를 이룩한 사회악일지 몰라도 서른 중반의 젊디젊었던 내겐 하나의 롤모델이었다. 어린 내 앞에서도 외발로 서서 구두끈을 묶는 그의 모습은 나를 자극하는 채찍이 되어주었다.

　그에 비하면 요즘 젊은 사람들에겐 미안한 마음을 금할 길이 없다. 우리가 젊었을 땐 본받을 만한 선배들이 많았다. 물론 그 시절에도 상종 못할 인간들이 넘쳐났으나 그래도 세상을 이끈다 하는 자들 중에는 자기만의 확고한 철학과 신념으로 무장되어 자기 자신과 타협하지 않는 '옹고집'들이 많았다.

　인생 다 살았으니 이제 좀 편하게 가자고들 한

다. 젊어서 실컷 남 눈치 보며 하고 싶은 일 못하고 양보해왔는데, 이 나이 먹고 그러는 게 뭐가 창피하냐고들 한다. 그런데 아니다. 나이가 들수록 더 사람들 눈치를 봐야 하고, 속으로는 부글부글 끓어도 안 그런 척 웃어야 하고, 못 견디게 아파 울고 싶어도 이런 아픔 따위 하도 겪어서 문제될 게 없다, 호기를 부려야 되는 것이다. 이것은 의무다. 곧이어 우리 뒤를 따를 다음 세대에게 보여줘야 될 의무가 있는 것이다.

나이듦의 끝 저쯤에 대범함과 여간해서는 굴하지 않는 의지가 남아 있다. 추레하지 않아서 다행이다, 약해지지 않아서 다행이다. 그래서 나는 오늘도 외발로 구두끈을 묶는다. 비틀거리다 쓰러질지언정 무릎을 꿇고 싶지는 않다.

## 모난 돌이 정을 때리는 시대

나는 '모난 돌이 정 맞는다'라는 속담을 참 좋아한다. 여기서 내 입장은 '정'이 아니다. 어디까지나 '모난 돌'이다.

모난 돌은 보기에 좋지 않다. 하지만 그것이 운명이다. 어쩔 수 없이 튀어나올 수밖에 없는 상황이란 게 꼭 있다. 그래서 맞을 것을 뻔히 알면서도 고개를 뻣뻣이 치켜들 수밖에 없다. 그러면 세상은 기다렸다는 듯이 차디찬 정으로 가차 없이 내려친다. 그렇게 한 대 얻어맞고도 정신을 못 차린다. 또 고개를 치켜들고 뻔뻔하게 내 마음대로 살아간다.

　요즘 같은 세상에서 나 같은 늙은이는 모두가 회피하려드는 '모난 돌' 이다. 손주는 냄새 난다고 시건방지게 굴고, 어른이 된 자식은 애비 에미가 뭘 아느냐며 대놓고 무시한다. 젊어서 꼼짝도 못 하던 마누라가 늙고 병든 남편을 골방에 버려두고 밖으로만 나돈다. 인생에 연륜이 쌓일수록 존경받 고 대접받기는커녕 모난 돌이 되어 이 발에 치이 고, 저 발에 치인다. 여기저기서 망치가 날아온다. 아프다. 몸도 아프고 마음도 아프다.

　인간에겐 다른 짐승에게서는 볼 수 없는 정열 이 있다. 정열은 먹고 자는 욕망과 다르다. 정열은 인생을 지속시키는 연료다. 불순물 하나 첨가되어 있지 않은 순수한 땔감이다. 목숨이 붙어 있는 한, 정열은 사라지지 않는다. 그것을 내 안에 감춰두 고 있을 뿐이다. 왜냐. 인정받지 못해서다. 절망적 으로 얻어맞기만 하기 때문이다.

　내 인생은 아직 현재진행형이라고 소리쳐본들 돌아오는 것은 작작 좀 설치라는 야비한 비난과

더불어 뒤통수를 후려치는 망치질뿐이다. 우리를 그 자리에 주저앉히려는 심보들뿐이다. 그게 서럽고 더럽고 면구스러워서 꼼짝달싹 못한다. 내 안에 갇혀버리는 것이다.

그래서 나는 앞으로도 '모난 돌'이 되어 설쳐 댈 각오를 다지고 있다. 어차피 세월은 내가 떡이 될 때까지 후려칠 작정인 듯싶으니 마음 단단히 먹고 내가 먼저 매를 자처하려는 것이다. 감히 모나기를 결심하지 않고서는 나의 시대를 만들어갈 수 없다. 나 같은 늙은이에게도 전에 없던 신시대가 필요한 법이다.

나는 벌써 20년 가까이 모나게 살아왔다. 뾰족뾰족해져서 가족을 괴롭히고, 이웃에게 상처를 입혔다는 뜻이 아니다. 모가 났지만 그래봐야 돌이다. 돌에겐 운동력이 없다. 제 발로 걸어가지 못한다. 누구를 물어뜯거나 할퀴지도 못한다. 모나게 살되 정에 얻어맞는 그 괴로움은 오롯이 나의 몫이다. 이 아픔이야말로 말년을 살아가는 나만의 보람이다. 가만히 방구석에 처박혀 옛 일을 떠올리고 남 잘 되는 꼴을 눈꼴시게 응시하느니 내가 살아온 지난날의 긍지를 위해서라도 부서짐을 두려워하지 않고 있는 그대로의 나를 순수하게 밖으로 내밀어보는 길을 택하는 것이다.

모나게 산다는 것은 한편으로는 재미있게 살려는 발상이다. 전성기의 힘 있는 나와 지금의 내 처지가 달라졌다는 현실은 새롭게 주어진 재미난 무대다. 장난감이다. 어렵게, 대단하게, 무슨 큰일이라도 저지를 듯이 고민하고 좌절할 시간이 없다. 이 재미난 장난감을 떡 주무르듯 가지고 놀아봐야겠다고 생각해야 한다.

물론 현실은 생각과 다르다. 지치고 재미도 없다. 귀찮은 것은 덤이다. 살아도 사는 것 같지가 않다. 골목대장처럼 살아온 습관은 여전하다. 골목대장은 모두를 아우른다. 모가 나려는 게 아니라 정을 들고 다들 내 발밑에 두려는 것이다. 다시 말해 권위다. 우리는 한때 권력이라는 것을 맛본 시기가 있었다. 기껏해야 20년 남짓의 사회생활에 불과하다. 그걸 못 잊고 그때 버릇을 포기하지 않는다면 사정없는 망치질에 산산조각이 날 수밖에 없다.

하루 세 번 밥을 먹고 여덟 시간 잠자는 것이 똑같음에도 은퇴 후의 삶이 지루하고 우울해지는 까닭은 딱히 해야 될 일이 없어져서가 아니다. 찾아보면 나를 필요로 하는 일들이 산더미다. 그런데 하지 않는다. 이리 보여도 내가 한때 누구였는데…. 착각이다.

나도 한때는 골목대장이었다. 난다긴다하는 기자들이 제일 무서워하는 존재가 신문사 데스크다. 데스크의 말 한마디로 내가 쓴 기사가 내일 아침 신문에 실릴 것인지, 아니면 쓰레기통에 처박힐 것인지가 결정되기 때문이다. 나는 10년 가까이 데스크를 봤다. 하지만 늙어서까지 골목대장 행세를 하고 싶지는 않았다.

이왕 저지를 바에야 교주가 되기로 마음먹었다. 신앙의 대상은 나의 인생, 절대적이고 무목적이다. 신자는 단 한 명, 나만 있으면 충분하다. 오야붕과 꼬붕의 인간관계는 서로 속이고 서로를 이용하려는 불경건의 시도다. 거기서 벗어나고 싶었다.

이 세상에 태어났을 때 우리는 혼자였다. 혼자 튀어나와 현란하게 빛나는 세상과 부딪쳤을 때 난생 처음 고독을 느꼈다. 그리고 세상 쓴맛과 단맛을 다 보고 산전수전 공중전에 지하땅굴에 처박혀 백병전까지 치르고 났더니 또 한 번 고독과 독대하게 되었다. 그 상황에서 나의 선택은 부하들을 이끌고 전쟁터로 나가는 골목대장이 아니었다. 신자를 갖지 못한 교주의 삶이었다. 누구의 인정과 동정도 필요치 않은 광신적 독단의 긍지였다. 그것이 늙고 병들어 버림 받기 일보 직전인 내 삶의 유일한 탈출구였다.

우리 삶에는 절망이 반이다. 왜일까? 희망이 반이니까. 희망이 반이나 되기 때문에 절망도 반이나 된다. 그런데 늘 이기는 건 희망이다. 희망은 절망에게 지는 법이 없다. 70억 인구 중에서 매년 120만 명이 자살한다고 한다. 엄청난 숫자다. 이걸 보고 나도 살기 힘든데 콱 죽어버릴까, 이렇게 우울해지면 절망이다. 반대로 이렇게 살기 힘든 세상에서 안 죽고 버텨나간 사람이 69억 9880만 명이나 된다니 대단하다, 나도 열심히 살아야겠다…. 이렇게 용기를 얻으면 희망이다.

말인즉슨 우리의 생각이 모든 걸 결정한다는 뜻이다. 그렇기 때문에 어떤 이는 세상의 편견에 갇혀버리고, 어떤 이는 세상을 바꿔놓는다.

세상 눈치 보지 않고 오직 나 하나만 바라보기를 작심했을 때 기다렸다는 듯이 내 안의 잠재력이 드러난다. 그러기 위해서는 막다른 골목이 필요하다.

막다른 골목은 절대로 나쁜 의미가 아니다. 여기보다 재미난 놀이터는 없다. 길이 끊긴 벽 앞에서 어떻게 해야 이 벽이 부서질까를 고민하는 것처럼 즐거울 때가 없다. 나를 가로막는 벽이 없고 사방이 뻥 뚫려 있는 것이야말로 곤란하다. 어디로 가야 하는지 갈피를 종잡을 수 없기 때문이다.

우리가 이 나이 먹고도 아직 아파하는 까닭은 시키는 대로 순순히 따라가라는 세상의 '정'에 대

항하고 있기 때문이다. 단지 방법을 몰라서 몸에 익은 습관대로 타인에게 내가 당한 아픔을 앙갚음 한다. 서로에게 상처가 생기는 것은 당연하다. 해결책은 단순하다. 이제부터는 상처를 나에게만 입혀야 한다. 누가 나를 아프게 하기 전에 내가 먼저 나를 아프게 만드는 것이다. 누가 나를 때리기 전에 내가 먼저 모나게 구는 것이다. 자처하는 삶이자, 선점하는 인생이다.

남보다 한 발 앞서 행복해지기를 꿈꾸기 전에 남보다 한 발 앞서 상처에 도달하기를 꿈꾼다. 남보다 하나라도 더 가지기를 계획하기 전에 남보다 하나 더 실패하기를 계획한다. 이런 나를 아프게 할 수 있는 사람이 있을까? 없다. 세상이 이런 나를 쓰러뜨릴 수 있을까? 없다.

## 엉덩이는 무겁게, 손은 재빠르게

나는 백열 살까지 사는 게 꿈이다. 지금 하고 있
는 일을 앞으로 10년, 아흔다섯까지 하고 싶다. 아
흔다섯쯤 되면 은퇴해도 후회가 없을 듯싶다. 그
런데 과연 이것이 은퇴인지는 잘 모르겠다.

은퇴(隱退)라는 말을 누가 만들었는지 모르겠
지만, 처음 뜻은 지금과 많이 달랐으리라고 본다.
옛 사람들은 오로지 입신양명을 위해 청춘을 바쳤
다. 그러다가 나이 들어 힘에 부칠 때가 오면 조정
에 물러나겠다는 소(訴)를 올리고 지긋지긋한 세
상사를 뒤로 한 채 한적한 고향으로 내려갔다. 말

년에 노비들에 둘러싸여 호사나 누리며 죽기 전까지 물 좋은 계곡에서 백숙 한 그릇 앞에 두고 창가(唱歌)나 들으려고 낙향한 게 아니다. 드디어 돈과 명예와 가문과 가족의 건사라는 속박에서 풀려나 나를 위해, 내가 원하는 삶을 단 하루라도 누리고 가겠다는 의지에서였다. 그들은 늙은 경주마가 되어 채찍질 없이도 너른 들판을 자유롭게 내달리는 자유와 자족의 충만을 준비하고 기대했던 것이다.

정적(政敵)을 숙청하는 데 이용되었던 글 솜씨로 삶을 노래하고, 그림을 그리고, 난초를 치고, 작곡을 하고, 수로 설계를 구상했다. 남들 보기엔 퇴물 양반이 하릴없이 방구석에 처박혀 붓질이나 하는 것처럼 보였을 테지만, 그런 시기에 만들어진 것들은 놀라운 '작품'이 되었다. 구속 없이 내가 하고 싶은 일, 참된 꿈을 실현시킨 것이다. 어렸을 때부터 품었던 꿈, 세상에 나아가 출세하고야 말겠다는 정복욕이 아닌, 말 그대로 순수하고 아름다운 청운(靑雲)이라 불리던 그것을 잿빛 구름이 무겁게 내려깔린 반백의 머리카락이 되어서야 이루는 것이다. 이를 두고 옛 선인들은 은퇴라 불렀다. 세상에서 물러나 나를 숨기되 대신 진짜 나를 되찾는 시기라는 뜻이다.

나는 열다섯에 작가라는 꿈을 처음 소원했다. 그때는 일제 강점기여서 가장 좋아하는 작가였던 다자이 오사무를 일어 원서로 읽어야 했는데, 이 좋은 작품을 더 많은 사람들에게 보여주고 싶다는 생각에 국문으로 옮겨볼까 욕심도 냈었다. 그리고 나 또한 다자이 오사무처럼 좋은 책을 쓰고 싶다는 꿈을 갖게 되었다.

그 꿈은 나이 칠십이 되어서야 이루어졌다. 열다섯 살 이후로는 대학에 가랴, 직장에 다니며 먹고 살랴, 한가로이 글을 쓰고 번역을 할 엄두가 나지 않았다. 시간도 없었거니와 굳이 내가 그런 일을 해야 될 이유도 찾지 못했다. 돈 벌고 아이 키우고, 아파트 평수를 늘려나가는 재미에 묻혀 내 생애 첫 번째로 간직했던 꿈을 잊은 것이다. 기자라는 직업을 택한 후로 항시 글 언저리를 배회했으나, 본심에는 다가가지 못한 채 한 발자국 뒤로 물러나 있었던 세월이 수십 년이었다.

그렇게 60년 가까이, 어찌 보면 이순(耳順)에 달하는 세월을 가슴에 고이 숨겨두었기에 그 열망이 차고 넘쳐서 늙어버린 심신에 구애받지 않고 도전할 수 있었던 것인지도 모른다. 그리고 기회를 얻게 되었을 때 하루하루를 소중히 여기고 감사하며 누가 시키지 않아도 최선을 다할 수 있었는지도 모른다.

나의 주업은 번역이다. 번역가부터 시작해서 작가가 되었다. 번역이라는 게 호구지책(糊口之策)이기는 하지만, 그와 더불어 꿈을 실현시키는 과정이기도 했다. 그래서 번역하는 한 장, 한 장이 더없이 귀했다. 돈도 돈이지만, 우선은 내 안의 감정과 생각들이 번역된 문장을 통해 확인된다. 완성된 문장은 나 혼자 만족하고 끝나는 게 아니라 다수의 대중에게 검증받는다. 그렇기 때문에 사명감이 더해진다. 요즘 늙은이들이 하도 사고를 쳐서 세상이 흉흉해졌는데, 다행히 나는 그에 편승하지 않고 뭔가 도움이 될 만한 일을 하고 있다는 자존감 같은 것도 크다.

물론 처음부터 다 된 밥에 숟가락만 얹어놓은 것은 아니다. 수십 년 기자로 일해 왔고, 여러 지면에 칼럼도 많이 써왔으니 맨 땅에 헤딩한 것은 아니지 않느냐고 반문할 수도 있겠으나, 내 글을 쓰는 것과 번역은 엄연히 다른 직업이다. 유명 소설가라고 해서 하루아침에 번역 작가가 될 수 있는 것은 아니다. 오히려 나 같은 번역 작가가 하루아침에 소설가가 되는 것이 더 빠르다. 외국어를 우리 글로 옮긴다는 것은 두 개의 언어를 자유자재로 사용해야만 도전할 수 있는 일이기 때문이다.

우선은 실력을 검증받아야 했다. 한 해에만 수천 명의 일어일문학과 졸업생들이 배출된다. 번역가를 꿈꾸는 젊은이들이 얼마나 많은지 모른다. 그들과 경쟁해서 내가 이길 수 있어야 했다.

번역은 외국어 능력보다 우리말 능력이 더 중요하다. 독해보다 작문이다. 나는 평생 글밥을 먹고 살아온 사람이니 만큼 글에서는 젊은이들에게 뒤지지 않는다는 자신이 있었다. 그럼에도 늙다리 냄새 풍기는 구투의 언문(言文) 흉내를 내지 않으려고 잘나가는 젊은 번역가들의 책을 숱하게 읽었다. 배울 것은 배우고, 그들보다 나은 점은 확실히 차별을 두려고 단단히 준비했다. 매일 아침 시립 도서관에 제일 먼저 가서 밤이 늦어서야 집에 돌아오곤 했다. 그때는 형편이 어려워 구내식당에서 파는 2000원짜리 라면값도 아까웠다. 마누라한테 부탁해 아침에 먹고 남은 밥에 오이지 몇 점 담아다가 점심과 저녁을 해결했다. 그래도 마음은 배가 불러 터질 듯 행복했다. 곧 내게도 번역 일이 주어지리라는 기대로 어찌 보면 헛고생일 수도 있는 지루한 시간들을 견뎌냈다. 이 나이에 이게 무슨 짓이냐고, 힘들어 죽겠다고 타박하는 엉덩이를 달래는 것이 가장 큰 곤혹이었다.

어떻게 하면 번역을 할 수 있을까. 이 나이에도 출판사가 나를 찾게 만들려면 어찌 해야 될까. 빠릿빠릿한 청춘들 상대로 잘 나간다는 무라카미 하루키나, 요시모토 바나나, 히가시노 게이고 같은 작가들의 현대성 넘치는 책을 빼앗아올 수는 없다. 내 늙은 감수성이 현대 일본 작가들을 따라갈 리도 없다. 그래서 떠올린 말이 온고지신(溫故知新)이다. 옛 것을 알아야 새 것을 안다…. 나는 이 틈새를 노렸다.

젊은 시절부터 좋아했던 일본 작가들 작품을 검색해봤다. 예상 외로 국내에 출판된 책이 많지 않았다. 아무래도 요즘 나오는 신간 중심으로 번역이 이루어지다보니 일본에서 거장으로 손꼽히는 대가들의 주옥 같은 작품들이 소개되지 않은 경우가 대다수였다. 게다가 이들 중에는 당시 사후(死後) 50년이 넘어 비싼 저작권이 소멸된 작가도 많았다. 나는 이 틈새를 노리기로 했다.

일본 현지에서 인정받은 유명 작가의 작품임에도 국내에 번역이 안 되었다는 메리트에 덧붙여 저작권도 필요 없다. 즉 책 만드는 데 필요한 인쇄비와 나한테 줄 번역료만 지급하면 되는 것이다. 중소 규모가 절대 다수인 국내 출판 시장에서 이는 충분히 통할 수 있는 전략이었다.

게다가 어렸을 때부터 외우다시피 읽었던 책들이라 번역이 낯설지 않았다. 번역이라기보다는 독후감을 쓰듯 글이 술술 나왔다. 그럼에도 미심쩍은 단어가 나올 때는 사전을 수도 없이 뒤졌다. 특히 일어는 동일한 한자임에도 발음과 뜻이 천차만별이라 문장 구조에 따라 얼마든지 다른 해석이 가능하다. 작가의 의도를 파악하지 못한 상태에서 번역을 했다간 오역이 나기 쉽다. 또 사전적인 의미로만 해석해도 작가의 의도와 맞지 않는 번역이 될 수 있다.

나는 일제의 교육을 받았던 사람이라 그런 상황을 잘 알고 있었다. 또 옛날에 기자였을 때 나만큼 기사를 빨리 보는 사람도 없었다. 선배에게 욕 얻어먹으면서 기사를 빨리 읽고 오타와 띄어쓰기 등을 잡아내는 기술을 배운 것이 큰 도움이 되었다. 젊은 편집자들은 내가 쓴 원고처럼 깨끗한 글을 거의 본 적이 없다며 혀를 내두른다. 마음 뿌듯한 한편으로 안타깝기도 하다. 얼마나 성의 없이 넘긴 원고를 많이 받아봤으면 나 같은 늙은이에게 감탄할까, 젊은 번역가들에게 실망하기도 했다.

나는 번역을 제 2의 창작으로 여겼다. 번역으로 끝이 아니라 번역 작업을 통해 나의 글 솜씨를 닦고, 훗날 나는 어떤 식으로 내 글을 써야겠다, 하는 공부의 장으로 삼았다. 아무리 짧은 문장이더라도 내 것으로 충분히 소화한 후 내가 그 작가가 된 심정으로 글을 옮겼다. 그래서 책 한 권 번역하면 내책 한 권이 세상에 나오는 기분이었다. 어쨌든 사람들은 나의 문장을 읽는 것이지 일어로 쓴 작가의 문장을 읽는 것은 아니기 때문이다. 이는 곧 번역가로서 책임감과 직결된다.

새로운 인생을 준비하면서 찬 새벽이 올 때까지 술 마시며 낭비한 젊은 날이 아까워 새벽형 인간이 되기로 작심했다. 낮밤이 뒤바뀐 올빼미 인생 칠십 년이 번역을 시작하면서 새벽 네 시에 눈을 떠 낮 열두 시까지 책상에 붙들리는 생활로 바뀐 것이다.

사람 머리는 잠에서 갓 깨어났을 때가 가장 맑다. 이제 막 눈을 떴으니 원기가 충만하고 어제 하루 겪었던 잡일들이 사라진 상태다. 그 텅 빈 백지에 나는 꿈을 새겨 넣었다. 가만 따져보니 한 시간에 열 장에서 스무 장 가까이 번역이 가능했다. 그렇다면 법정 근로 시간인 여덟 시간을 일한다고 가정했을 때 하루 70매쯤 번역이 가능하다는 계산이 나온다. 한 달이면 원고지로 2000매다. 처음 이 일을 시작했을 때 원고지 1매당 1500원을 받았다. 2000매면 300만 원이다. 일만 끊이지 않으면 나이 칠십에 내 손으로 한달 수입 300만 원이 가능하다는 얘기였다. 그게 20년 전 일이다. 지금은 딱 두 배가 되어 기본 3000원부터 시작이다. 내 몸값이 어쨌든 두 배로 폭등했다는 뜻이다.

요즘은 나를 찾아주는 부름이 꽤 늘어나서 번역에만 매달리지 못해 예전처럼 하루 70매씩은 못 한다. 그러나 새벽 네 시에 일어나 여덟 시간 동안 책상 앞에 앉아 있는 생활 습관은 바뀌지 않았다. 그래봐야 일 마치고 시계를 보면 고작해야 열두 시 점심 시간이다. 남들 한창 일할 시간에 하루 일과를 다 끝마쳤다는 여유와 만족감은 겪어본 사람만이 알 것이다.

　지금부터 남은 시간은 온전히 재충전과 나를 위한 시간이다. 시내도 돌아다니고, 서점에 가서 신간도 읽고, 도서관에서 각종 신문들을 펼쳐놓고 세상이 어떻게 돌아가고 있는지도 알아본다. 그래야 지금 시대에 꼭 필요한 책이 무엇인지 알 수 있기 때문이다.

　나는 소설을 좋아하지만 아직까지 소설 한 권 쓰지 못했고, 소설 번역도 많지는 않다. 내가 하고 싶은 일보다는 대중이 원하는 책, 출판사가 나한테 기대하는 책을 우선했기 때문이다. 할 수 있는 일과 하고 싶은 일을 모두 만족시킬 수는 없는 노릇이다. 특히 나이 들어 기회가 정말 드문 상황에서는 나를 고집하기보다는 사람들이 내게 기대하는 일을 선택하는 것이 옳다. 어떤 종류의 일을 택하든 그간 축적해놓은 연륜과 경험은 인생 최후의 무기로 얼마든지 활용 가능하다. 세상 일이라는 게 다 거기서 거기다. 겉포장만 다를 뿐, 사람 사는 냄새와 자취는 크게 다르지 않다. 이 같은 깨달음의 무기를 안고 두려움 없이 도전해보는 것이다. 지금 우리에게 있는 무기는 아무리 잘 나가는 젊은 사람들에게도 없는 것이다. 이 무기를 내가 원하는 일이 아닌, 사람들이 내가 해줬으면 하는 일을 위해 내놓았을 때 세상은 나한테 두 번째 기회를 준다. 그 기회가 마지막이다. 어쩌면 온갖 잡동사니 같은 굴레에 매여 제대로 펼쳐보지 못한 나의 진짜 꿈이 실현되는 기회일 수도 있다.

기회는 가만히 앉아 있으면 감 떨어지듯 입으로 쏙 들어오는 것도 아니고, 쌓아놓은 재물에 빗대어 통장에 이자가 쌓이듯 공짜로 얻어지는 것도 아니다. 이제는 옛 일이 되어버린 명함과 명패와 호칭의 격에 맞춰 알아서 제공되는 의전도 아니다.

엉덩이는 무겁게, 손은 재빠르게.

내가 일을 시작하며 세웠던 철칙이다. 책상에 되도록 오랫동안 엉덩이를 붙여놓고, 주어진 시간 안에 최대한 많이 손을 놀린다. 세월은 속일 수 없으므로 젊은 나를 따라가지는 못한다. 질을 따져 줄어든 나의 능력에 실망하기보다는 이만큼이나 할 수 있다는 자신감을 회복하는 것이 중요하다는 생각에 '엉덩이는 무겁게, 손은 재빠르게' 라는 말을 항상 머릿속에 유념하며 지내왔다.

이는 곧 인내와 근면이다. 나이 칠십에 실패했다면 팔십에 성공하면 된다. 오늘 열 개밖에 수확하지 못했다면 내일 열한 개를 수확하면 되는 것이다. 일어 번역가로서 아흔다섯에 은퇴하고 그때부터 새롭게 중국어 공부를 시작한다면 백열 살쯤 되어서는 루쉰의 명작 '광인일기' 를 번역할 수 있게 될 것이다.

만에 하나 정말로 그런 일이 내 인생에서 벌어진다면 '광인일기' 의 주인공처럼 나는 세상의 틀을 멋지게 부숴버린 사람이 되는 것이다. 모두가 망상이라 비웃던 일을 나의 엉덩이와 양손이 해낸 것이기 때문이다. 나는 그때를 기다리고 있다.

**책읽는고양이 에세이**

### 약간의 거리를 둔다

소노 아야코의 에세이. "좋아하는 일을 하든가, 지금 하는 일을 좋아하든가" "인생은 좋았고, 때로 나빴을 뿐이다" "자기다울 때 존엄하게 빛난다" 등등 정말 맞는 말이라 무릎을 치게 만드는 조언들, 어이없을 정도로 간단하지만 감히 뒤집어볼 엄두조차 내지 못했던 삶의 진리들이 가득하다. 객관적 행복을 좇느라 지친 영혼을 위로하는 책으로 '나' 자신을 속박해온 통념으로부터 벗어나 나답게 사는 삶으로 터닝할 수 있도록 이끌어준다. 9900원.

**매경 · 교보문고 선정 "2017년을 여는 베스트북"**
**예스24 선정 "2017년 올해의 책"**

### 타인은 나를 모른다

베스트셀러 《약간의 거리를 둔다》의 작가 소노 아야코가 전하는 '관계로부터 편안해지는 법'. 짧지만 함축적 언어로 인생의 묘미를 표현하는 소노 아야코식 글쓰기가 돋보이는 책으로, 타인과 나는 다르며, 또 절대 같아질 수 없음을 상기시킨다. 이를 통해 타인으로부터의 강요는 물론, 나의 생각을 받아들이지 못하는 상대로 인한 스트레스로부터 편안해지는 기본기를 다져준다. 9900원.

### 좋은 사람이길 포기하면 편안해지지

소노 아야코 에세이. 사람으로부터 편안해지는 법. '좋은 사람'이라는 틀 속에 갇혀 까딱하면 남들 눈에만 흡족한 껍데기로 살기 쉬운 현실 속에서, 타인의 평가에 휘둘리지 않고 굳건히 '나'를 지켜내는 법과, 원망하지 않고 진정 편안한 관계로 가는 지혜를 전한다. 11,800원.

## 되찾은 시간

잃어버린 시간을 찾아서 시작한 독립서점 '프루스트의서재'는 단순한 책방이기보다 '나다운 삶'을 실현하는 공간이자 시간이다. 진정성 있는 삶을 찾는 이 책은 '나다움'을 담보로 누리는 우리의 달콤한 풍요에 물음표를 던진다. 박성민 지음. 13,800원.

## 조그맣게 살 거야

미니멀리스트 진민영 에세이. 외형적 단순함을 넘어 내면까지 비우는 삶을 사는 미니멀 라이프 예찬론. 군더더기를 빼고 본질에 집중하는 삶을 통해 '성공이 아닌 성장', '평가받는 행복이 아닌 진짜 나의 행복'으로 관점을 바꿔준다. 11,200원.

## 내향인입니다

홀로 최고의 시간을 보내는 내향인 이야기. 얕게는 내향성에 대한 소개부터 깊게는 사회가 만들어놓은 많은 정형화된 '좋은 성격'에 대한 여러 가지 회의적 의문을 제기한다. 진민영 지음. 11,800원.

## 아버지 가방에 들어가실 뻔

김신 여행 에세이. 이 책은 파리를 100번도 더 가본 아트여행 기획자인 아들이 오랜 원망의 대상이었던 아버지와 함께 떠난 단 한 번의 파리 여행을 계기로, 아버지를 이해하게 되고 나아가 가족 내 상처 치유와 관계 회복은 물론, 20여 년간 일해온 여행업에서도 다시금 맥락을 잡아가는 기적과 같은 변화를 담고 있다. 13,000원

## 오늘 하루 나 혼자 일본 여행

당일치기 해외여행을 제안하는 국내 최초의 여행에세이. 빡빡한 일상에 틈을 내어, 지친 나를 토닥여주는 마법 같은 체험을 공유한다. 비수기 평일에 저가항공을 이용한다면 당일치기 해외여행은 누구라도 엄두 낼 수 있는 소확행이 된다. 박혜진 지음. 11,900원.

## 타산지석 시리즈

# "여행은 보이지 않는 지도에서 시작된다."

**영국** 바꾸지 않아도 행복한 나라 이식 · 전원경 지음 / 320면 / 컬러 / 15,000원

**그리스** 고대로의 초대, 신화와 역사를 따라가는 길 유재원 지음 / 280면 / 컬러 / 17,900원

**중국** 당당한 실리의 나라 손현주 지음 / 362면 / 컬러 / 13,900원

**터키** 신화와 성서의 무대, 이슬람이 숨쉬는 땅 이희철 지음 / 352면 / 컬러 / 15,900원

**러시아** 상상할 수 없었던 아름다움과 예술의 나라 이길주 외 지음 / 320면 / 컬러 / 14,500원

**히타이트** 점토판 속으로 사라졌던 인류의 역사 이희철 지음 / 244면 / 컬러 / 15,900원

**이스탄불** 세계사의 축소판, 인류 문명의 박물관 이희철 지음 / 224면 / 컬러 / 14,500원

**독일** 내면의 여백이 아름다운 나라 장미영 · 최명원 지음 / 256면 / 컬러 / 12,900원

**이스라엘** 평화가 사라져버린 5,000년 성서의 나라 김종철 지음 / 360면 / 컬러 / 15,900원

**런던** 숨어 있는 보석을 찾아서 전원경 지음 / 360면 / 컬러 / 15,900원

**미국** 명백한 운명인가, 독선과 착각인가 최승은 · 김정명 지음 / 348면 / 컬러 / 15,000원

**단순하고 소박한 삶** 아미쉬로부터 배운다 임세근 지음 / 316면 / 컬러 / 15,900원

**이스라엘에는 예수가 없다** 유대인의 힘은 어디서 비롯되는가 김종철 지음 / 224면 / 컬러 / 14,500원

**싱가포르** 유리벽 안에서 행복한 나라 이순미 지음 / 320면 / 컬러 / 15,000원

**한호림의 진짜 캐나다 이야기** 본질을 추구하니 행복할 수밖에 한호림 지음 / 352면 / 컬러 / 15,900원

**몽마르트르를 걷다** 삶이 아플 때 사랑을 잃었을 때 최내경 지음 / 232면 / 컬러 / 13,500원

**커튼 뒤에서 엿보는 영국신사** 소심하고 까칠한 영국사람 만나기 이순미 지음 / 298면 / 컬러 / 13,900원

**왜 스페인은 끌리는가** 자유로운 영혼, 스페인의 정체성을 만나다 안영옥 지음 / 232면 / 컬러 / 18,000원

**대만** 거대한 역사를 품은 작은 행복의 나라 최창근 지음 / 304면 / 컬러 / 19,800원

**타이베이** 소박하고 느긋한 행복의 도시 최창근 지음 / 304면 / 컬러 / 17,900원

**튀르크인 이야기** 흉노 돌궐 위구르 셀주크오스만제국에 이르기까지 이희철 지음 / 252면 / 컬러 / 18,000원

**일본적 마음** 김응교 인문 여행 에세이 김응교 지음 / 234면 / 컬러 / 14,000원

# 마음을 열어주는 책

**나는 이렇게 나이들고 싶다** 소노 아야코 지음 | 오경순 옮김 | 288면 | 12,000원
농익은 내면의 휴식기인 노년에 보다 가치 있는 삶과 행복을 영위하기 위
해 중년부터 어떠한 마음가짐과 준비를 해야 하는지 말해주는 책.

**좋아하는 일을 찾는다** 사이토 시게타 지음 | 신병철 옮김 | 168면 | 9,900원
인생은 보물찾기와 같다. 보물은 의외의 장소에 숨겨져 있는 경우가 많은
데, 그것은 스스로 찾지 않으면 찾을 수 없다. 대수롭지 않은 실패 때문에
고민하거나 망설이지 말고 지금 바로 첫걸음을 내디뎌보라고 조언하는 책.

**간소한 삶, 아름다운 나이듦** 소노 아야코 지음 | 김욱 옮김 | 168면 | 12,000원
나이듦의 진정한 가치를 전하고, 만년의 미학에 대해 이야기한다.

**후회 없는 삶, 아름다운 나이듦** 소노 아야코 지음 | 김욱 옮김 | 176면 | 12,500원
삶에서 가장 소중한 것을 발견하라. 이 책은 '사람이 죽기 전에 꼭 알아야
할, 인생에서 가장 소중한 것'이 무엇인지 환기시킴으로써 하찮게 느껴지
는 평범한 현실의 가치를 발견하게 한다.

**죽음이 삶에게** 소노 아야코·알폰스 데켄 지음 | 김욱 옮김 | 256면 | 14,000원
죽음을 통해서 시간의 귀중함, 사랑과 삶의 진실한 의미를 가르쳐주는 책.
소노 아야코와 생사학(生死學)의 대가 알폰스 데켄 신부가 편지글로 나눈
삶의 가치와 죽음의 본질.

## 나이듦의 지혜

소노 아야코 지음 | 김욱 옮김 | 176면 | 13,500원
고령화사회 속에서 행복한 노년을 보내는 7가지 정신을 다룬 책으로 외
부적 요인에 흔들리지 않는 자신만의 능력을 준비할 것을 강조한다. 출
간되자마자 400만 일본인이 선택한 화제의 책이다.

**늙지 마라 나의 일상** 미나미 가즈코 지음 | 김욱 옮김 | 248면 | 12,000원
건강한 노년을 위한 구체적인 적용법과 생활법을 전하는 책으로 육체적인
노화에 따른 변화를 어떻게 받아들이고 대처해나가야 하는지를 다룬다.

# 취미로 직업을 삼다

1판 1쇄 인쇄 2019년 9월 20일
1판 1쇄 발행 2019년 9월 25일

지은이 김욱
펴낸이 김현정
펴낸곳 책읽는고양이

등록 제4-389호(2000년 1월 13일)
주소 서울시 성동구 행당로 76 110호
전화 2299-3703
팩스 2282-3152
홈페이지 www.risu.co.kr
이메일 risubook@hanmail.net

ⓒ 2019, 김욱
ISBN 979-11-86274-51-4 03810